ヴォイド・シェイパ

The Void Shaper

森 博嗣

KODANSHA NOVELS

講談社ノベルス

切《き》っ先《さき》が空を舞い
その道筋を追えば
美しさと危うさの
極限の一致を知り
そして
自身の足許《あしもと》の礎《いしずえ》を
僅《わず》かに感じ

血は球形にして
宙に浮き
風の音を聴き
間際に息を
そして
自身の指に宿る気を
遥《はる》かに味わう

良《い》いか
戦っているのではない
お前は
死に瀕《ひん》して藻掻《もが》いている
ただそれだけ

放せ
放て
力と気の双方を
躰《からだ》は天地の如《ごと》く
お前のものではない
なにものも
お前のものではない

ただ
球形の血と
鳴る風の間を
切っ先が抜けていく

その一瞬に
お前は生を
微《かす》かに見る

それだけが
お前のもの
お前のすべて

カバー装画・挿絵
山田章博
カバーデザイン
コガモデザイン
ブックデザイン
熊谷博人・釜津典之

CONTENTS

The Void Shaper
by MORI Hiroshi
2011
Kodansha Novels edition
2021

Was it the spirit of the master or of his tutelary god that cast a formidable spell over our sword? Perfect as a work of art, setting at defiance it's Toledo and Damascus rivals, there was more than art could impart. Its cold blade, collecting on its surface the moment it is drawn the vapour of the atmosphere; its immaculate texture, flashing light of bluish hue; its matchless edge, upon which histories and possibilities hang; the curve of its back, uniting exquisite grace with utmost strength-all these thrill us with mixed feelings of power and beauty, of awe and terror.

(BUSHIDO; The Soul of Japan/NITOBE Inazo)

日本の刀剣が鬼気迫る魔力をおびるのは、この刀鍛冶《かたなかじ》たちの霊魂が吹き込まれたのか、それとも彼が祈った神仏の霊気が宿ったからであるのか。トレドやダマスカスの剣よりも優《まさ》る名刀には、完璧《かんぺき》な芸術品というより、芸術以上の何かが伝わってくる。冷たく光る刀身は、抜けばたちまち大気中の蒸気を表面に集めるが、それは一点の曇りもない清冽《せいれつ》な肌合いを持ち、たぐいなき刃には歴史と未来が秘められている。そり返った細身の背は、精妙と優雅さと最大の強度を一つに結ぶ。これらのすべてが私《わたし》たちに力と美、畏敬《いけい》と恐怖の混在した感情を抱かせるのである。

（武士道／新渡戸稲造《にとべいなぞう》）

prologue

プロローグ

死んだように風はない。近くでときどき雉《きじ》が鳴く。それ以外には、自分の歩く音しか聞こえなかった。

林の先に見える方角で朝霧の白さはしだいに明るくなり、ぼんやりと動かない霞《かす》みに変わりつつある。いつもよりも歩調が速いかもしれない。もしかして慌《あわ》てているのだろうか。そんな理由はない。約束もなければ、予定もないのだから。

道はずっと下っている。この山から下りようとしているのだ。

地名を知らない。何故《なぜ》なら、ここにずっといたから、その必要がなかった。ここが山だということは知っているが、山以外の場所を見たことはない。

太い真《ま》っ直《す》ぐの樹が周囲に立っている。それがどの方向にも続いていて、霧の中へ消えていく。見上げても途中までしか見えない。まだ雲が山に纏《まと》いついている時刻なのだ。

地面は少し濡《ぬ》れていて、滑《すべ》りやすかった。いつものとおりだ。山はいつも同じことを繰り返している。予想外のことは滅多《めった》にない。空の変化に比べれば、山はほとんど変わらない。

そんな山の中でずっと生きてきた。いつからここにいたのか、覚えていない。生まれたときからいたようにも思えるけれど、子供の頃にここへやってきたのだろう。覚えていないほど昔ということは、自分はまだ幼《おさな》かったはず。そんな小さなときにこの山を登れたのだろうか、と考えたこともある。きっと一人ではない。誰かに連れてこられたのだろう。その程度の想像はできる。けれども、答はない。カシュウにはきけなかった。自分の過去について質問をすることは、固く禁じられていたからだ。

しかし、山を下る今のこの足音の刻みが、どうしても、そのことを考えさせた。

カシュウは知っていたはずだ。それなのに、教えてくれなかった。つまり、自分の過去について知っても価値はない、ということだろう。それらしいことをカシュウは言った。彼は、けっして嘘《うそ》はつかない。だから、それは正しい。でも、正しいものは、いつまでも正しいわけではない、ともカシュウは言った。であれば、それは今も正しいとはかぎらない。

どれくらい長い間、カシュウと二人で暮らしていたのだろうか。自分の躰《からだ》がまだ小さかったときから……、夏も冬も何度も経験した。数えておけば良かったのだが、過ぎていく時間を数えられるものだと知ったのは、つい最近のこと。

カシュウはよく、数えるな、と言った。薪《まき》を割りながら数えていたら、叱《しか》られた。数ではなく、常にものの変化を見ろということらしい。数えて、それを覚えておけば、次からはその数を頼りにすることができる。それを頼りにすることによって変化を見逃す、というのだ。自分にはその理屈はわからなかった。数えた方が良いものもあるのではないか、と思えた。でも、カシュウには黙っていた。

カシュウに逆《さか》らったことは一度だってない。

カシュウは優しくはなかった。叱られてばかりだった。それでも、必ずきちんとした理由があって、たとえ納得ができなくても、反対するほどの理由がすぐには見つからなかった。たぶん、自分は理由を考えることが苦手なのだろう。そう思った。

道に出た。自分以外の人間も歩いたことのある道だ。ここからは少しだけゆっくりと行こう、と思う。太陽は見えないものの、辺りはすっかり明るくなっていたし、遠くの風景も少しずつ見えつつある。道のすぐ横は谷だ。それほど深くはない。覗《のぞ》き込《こ》めば、下に岩場が見える。水が流れる音も聞こえる。下りられるような場所があったら、水を汲《く》みにいこう。

もうどれほど歩いただろうか。振り返ると、山の裾《すそ》が現れている。こんなに低いところまで下りたことは初めてかもしれない。人里が近いはずだが、まだ畠《はたけ》は見えなかった。だが、道があるのだから、里の人間がこの近辺まで来ていることは確かである。出会ったら、挨拶《あいさつ》をすべきだろうか。

しばらくして、沢へ下りていけそうな、草木の生い茂った斜面が見つかった。地面は草で覆《おお》われている。滑りやすいが、摑《つか》まるものは多い。そこを注意して下りていった。

大きな岩を迂回《うかい》したところに、水が流れていた。急流ではない。透き通っている。たぶん、魚を捕ることができるだろう。しかし、今は空腹ではない。持ってきた瓢簞《ひょうたん》を水に沈めて、泡《あわ》が出なくなるまで待った。いつもの水に比べれば、少し温かく感じられた。

上の方で微かな音がする。獣の気配だった。

そのままの姿勢で、なるべく動かないようにして、視線だけを巡らす。ゆっくりと首を回して、辺りを見渡した。赤い色が動くのが見えた。岩の上の細い樹の陰《かげ》に隠れようとしている。人間か。大きな人間ではない。

瓢簞を仕舞い、立ち上がってそちらをじっと観た。赤い着物が慌てて後退したが、大きな音を立てて、持っていたものを落とす。岩の方へそれが転がってきた。手桶《ておけ》だった。水を汲みにきたのだろう。

さらに二つほど離れた少し太い樹の陰に移動し、赤い着物は見えなくなった。

「隠れるのはどうしてですか？」そちらへ問いかける。

返事はなかった。もっと高いところで鳥が羽ばたく音が聞こえた。声に驚いたのだろう。ほかには、なにも動かない。息を殺しているのか。静かだった。

「カシュウのところにいたゼンという者です」

そのように名乗れ、とカシュウに教えられている。里の者は皆、カシュウの名を知っているのだ。これまでに何度か、里の人間がカシュウのところへやってきた。いつも沢山《たくさん》の土産物《みやげもの》を持ってくる。それはまるで、神様への供え物みたいだった。そのとおりのことを、カシュウが口にしたのだ。少なくとも、カシュウは、里の者の敵ではない。

樹の陰から、白い顔が半分だけ覗き見えた。赤く見えたのは帯のようだ。着物はむしろ灰色。髪も黒というよりは灰色だった。年寄りだろうか。しばらく、こちらを窺《うかが》っていたが、やがて顔を出し、それから立ち上がり、ゆっくりと近づいてきた。

じっとこちらを見つめている目。驚いた顔をしている。顔がしっかりと見えるところまで来たので尋《たず》ねた。

「私は名乗りました。貴方《あなた》は誰ですか？」もう、普通の声でも届く距離だ。

「カシュウのお弟子《でし》さん？」高い声が返ってくる。

「そうです」

女のようだ。老婆ではない。髪は半分ほど白髪《しらが》が混ざっているが、顔は白く、まだ幼い。子供のようにも見える。

「会ったことがある。覚えている？」

「カシュウのところへ、来たことがあるのですか？」

「うん」彼女の小さな顔が縦に揺れる。「貴方は、まだ小さかった。もう、だいぶまえのこと」

女は近づいてきた。笑おうとしているが、不安そうでもある。

顔を見て、自分も思い出した。一度だけ、子供のような女が山へ一人で訪ねてきたことがあった。彼女は泣いていた。ずっと泣いていたのだ。だから、今の彼女は、そのときと同じ顔には見えなかった。

「チシャ」その名前を思い出し、同時に口にしていた。

「うん、そうだよ。覚えていてくれた」

「もう、病気は治りましたか？」

彼女は、微笑《ほほえ》んだ顔のまま、少しだけ首をふったようだ。肯定したのか否定したのか、どちらだろう、わからない。ただ、笑っていた顔は、少しだけ曇った。目をやや細めて、口を強く結んだ。昔のことを思い出したからだろうか。

数年まえ、泣きながら山へやってきたチシャは病気だった。里の者たちが、その病気のために彼女をカシュウのところへ寄こしたのだ。里の長《おさ》が書いた手紙を彼女は携《たずさ》えていた。それをカシュウが読んだ。彼女の名がチシャで、病気だということがそこに書かれている、と教えてくれた。そのときは、まだ自分は文字が読めなかった。

今の彼女は元気そうに見えた。こんなところまで水を汲みにくるのだから、病人の体力ではないことは確かだ。もっとも、あの泣いていたときの彼女だって、山を一人で登ってきたのだから、そもそも体力が衰えるような病気ではなかったのかもしれない。どんな病気だったのかは知らない。

「こんなところまで、何のために？」チシャが首を傾《かし》げた。もう、普通の笑顔に戻っていた。

「里へ下ります」目的を答えた。「里の長に会いにいきます」

「どうして？」

「カシュウに、そうするように言われました」

チシャは岩を下り、さらに近づいたところに立った。こちらをじっと見る。それからゆっくりと後ろへ回り、立っている自分の周りをぐるりと一周した。また、すぐ前に来ると、さきほどよりもさらに明るい顔になっていた。

「大きくなったな」チシャは白い歯を見せた。

「誰でも大人《おとな》になります」

「何を背負っている？」

それは見えないように筵《むしろ》で隠してあった。

「刀です」正直に答えた。彼女なら、怖がるようなことはないだろう。

「刀って、侍《さむらい》の？」

「そうです」

「そうか……、お侍さんなんだね」

「はい」

「カシュウのお弟子さんだから」

「そうです」

彼女は振り返り、後方の斜面を見上げた。戻る道がそちらにある。

「里の長の家は知っている？」こちらを向いてきいた。

「知りません。誰かにきけばわかります」

「私にきいたら？」

「教えて下さい」

「わかった、案内してあげる」

チシャは手桶に水を汲んだ。岩場を上り、急な斜面になったとき、彼女は足を滑らせ膝《ひざ》を地面についた。その寸前に、手桶を摑んで水が零《こぼ》れないようにしてやった。

はっと息をついたあと、チシャはびっくりしたという顔でこちらを見た。

「あ、ありがとう」

「水を零さずにここを上がるのは難しい」

「うん、そうなの、いつも苦労してる」彼女は笑った。「何度か、汲み直したことがある」

「何故、ここの水を？　里にも水はあるでしょう」

「川も井戸もあるけれど、ここほど綺麗《きれい》じゃない」

「そんなに綺麗な水が必要なのですか？」

「私じゃない」チシャは首をふった。「もっと偉い人」

「偉い人？　里の長のこと？」

「違う」

手桶は持ってやることにした。気にしなくて良い分、その方がこちらも楽だった。斜面を上がりきり、道まで戻った。あとは、下っていくだけだ。

チシャが前に立って、両手を出した。

「何ですか？」

「それは、私が持つものだから」

「案内してもらう礼として、私が運びます」

「貴方は、刀を持っている。それ、重いんじゃない？」

「重くはありません」

チシャはにっこりと笑ってから、手を引っ込めた。

彼女の歩調に合わせて、ゆっくりと歩いた。既《すで》に霧は晴れて、低い方に里が見えてきた。屋根が幾つかあって、白い煙が細く上がっていた。また、その近くには、畠がある。狭い畠だが、段違いになって、幾つか連なっている。何が植わっているのかはわからない。山でも小さな畠を耕していた。自分とカシュウが食べるにはそれで充分だった。里には大きな畠があると聞いている。何人のための野菜を植えるのだろう。

チシャは道の端《はし》で急に屈《かが》み込《こ》み、そこに生《は》えていた黄色い花を抜いた。足を止めて待っていると、笑顔で駆け戻ってくる。

「綺麗でしょう？」

「花ですね」

残念ながら、花の名は知らない。必要がなかったからだ。チシャがその花を頭の横につける。ただ手で持って寄せているだけだ。

灰色の髪に黄色い花。

白い顔にほんのりと赤い頰《ほお》。

また、前歯を見せて笑った。

「簪《かんざし》が欲しいなあ」

「かんざし?」

「そう、髪飾りのこと」

「どうして、飾るのですか?」

「さあ、どうしてかな」

「頭では、見えません」

「え?」

「自分の頭は見えない」

「ああ……、そうか、そうだね」彼女はくすっと笑った。「本当はね、それよりも、黒い髪が欲しいな」

「どうして?」

「わからない」チシャは首を一度だけ横にふった。

前方に墓があった。それを見ながら、畠の間の道を歩いていく。もう、ここは里だ。初めて来た。大きな家が見える。屋根も高い。見上げると、大きな鳥が翼を広げて旋回していた。鼠《ねずみ》でもいるのだろうか。

「ねえ、長に会って、どうするの？」チシャが歩きながらきいた。なんだか不機嫌そうな顔に変わっていた。

「どうしました？」

「え？　何が？」

「さっきまで笑っていたのに、今は笑っていない」

「うん。そろそろ……、着いちゃうから」チシャは花を持っている手を前に向けて、指し示した。道を真っ直ぐ行ったところに立派な門があった。その奥には大きな屋根も見える。「あそこだよ」

「どうもありがとう」頭を下げて、礼を言った。

「ねえ、どうするの？　何のために長に会う？」チシャは少し不満そうに口を尖《とが》らせた。

「わかりません」素直に答える。そのとおりだった。自分でもよくわからないのだ。

「会ったあとは？」

「あと？」

「山に帰るんでしょう?」黄色い花が、今度は歩いてきた道の方へ向けられた。

「いえ、たぶん、帰りません」

「え? どうして」チシャが目を大きくした。

「わかりません」

理由はわからない。ただ、ずっとまえから決まっていたことだった。

手桶を彼女に渡し、小首を傾げたままのチシャから視線を逸《そ》らした。目的の門の方へ歩く。一軒手前の家の戸が開き、黒い手拭《てぬぐ》いを持った老婆がこちらを睨《にら》むようにして見た。軽く頭を下げる。なにか話しかけられそうだったが、言葉はない。次に、その家の白い犬が庭先で吠《ほ》えた。こちらへ出てきたらやっかいだな、と思ったけれど、歯を剝《む》き出《だ》して吠えるだけだった。おそらく、怖がっているのだろう。背中の刀がわかるはずもないのに、何故怖がるのだろう。

一度、後ろを振り返った。まだチシャはさきほどの場所に立っていた。両手で手桶を持っている。同じ場所にいるのならば、手桶を置けば良いのに、と思う。不合理な行動だが、わざわざ指摘はしない。

もう一度空を見上げた。既に大鳥は見当たらなかった。餌《えさ》を見つけたのだろうか。気配もなく降下したのだろうか。気づかなかったことを、少し情けなく感じた。

どこかで焚《た》き火《び》をしているのだろうか。草が燃えるような匂《にお》いが風に乗っている。蜻蛉《とんぼ》が目の前に現れる。自分の歩みは、チシャとともに来たときのまま、速くはなかった。意識して、ゆっくりと歩いている。

門の中に気配を感じた。人の姿は見えないが、僅《わず》かに、なにかが擦《こす》れるような音が聞こえた。さらに近づくと、それはぱちぱちと葉や枝が燃える音だった。庭で焚き火をしているようだ。

門の前で立ち止まり、左右を見た。道は真っ直ぐに延び、低い石垣も道に沿って続いている。垣の反対側は畠。そちらの遠くには鍬《くわ》を担《かつ》いだ人の姿があったが、こちらを見ているふうではない。

門の戸は開いている。中へ足を踏み入れた。土は白く締め固められ、乾いている。奥の中央に屋敷がある。その左手は馬屋か納屋《なや》のようだが、手前の庭木が邪魔をして全体は見えない。右手には、屋敷の長い縁の手前に広がる庭。小さな池も見えた。その池の手前で男が焚き火をしている。落ち葉を集めて焼いているようだった。

視線が合った。とりあえず、軽く頭を下げる。男は小走りにこちらへ近づいてきた。二本差しだ。目の前に立って、じっとこちらを睨んだ。

「カシュウのところにいたゼンという者です。里の長に会うように言われて来ました」

「何のために、長に?」

「わかりません。ただ会うようにと、そう言われただけなのです」

「カシュウとは、スズカ・カシュウ先生のことか?」

「はい、そうです」

「本当か？」

「本当です」

「背中に何を持っている？」

「これは刀です」肩から後ろへ手を回す。

男は飛《と》び退《の》くように後退し、刀の柄《つか》に手を寄せる。やや低く腰を下げ、頭も低くなった。飛びかからんばかりの姿勢だった。普通の力量ではないことは容易に見て取れた。

とりあえず、手を戻し、敵意がないことを示す。

「長は、いらっしゃいますか？」質問をした。

男はしばらくじっとしていたが、やがて手を下ろして姿勢を正し、黙って軽く頭を下げると、奥へ走り去った。

一礼したのは、ここで待て、という意味だろうか。おそらく、そうだろう。

玄関の方から声が聞こえたが、何を話しているのかまでは聞き取れなかった。しばらく待ったが、誰も出てこない。門のところまで戻って、もう一度、来た道を見る。まだ、チシャがそこにいた。相変わらず、手桶をぶら下げていた。彼女のところへ歩いていき、それを地面に置いたらどうか、と言いたかったが、そこまでの義理もない。

それから、庭の方へ少し入り、焚き火に近づいた。熊手《くまで》が庭木に立てかけられている。火は強くはない。落ち葉が湿っているせいだろう。

庭に面した縁に人が現れた。見たこともない綺麗な着物の女だった。綺麗だというのは、着物の色だけではない。金色に細かく光る模様があった。人が作れるものとは思えない緻密《ちみつ》さだ。女の頭には飾り物がある。チシャが言っていた簪だろうか。

「カシュウ先生のところのお方とか」

呼ばれたので、数歩近づいて頭を下げた。女も縁に膝をつき、お辞儀をした。

「私はサナダの娘、イオカと申します。生憎《あいにく》ですが、父はただ今出かけております。夜遅くにしか戻りません」

「それでは、出直してきます。夜遅くに訪ねてもよろしいですか？　それとも、明日の朝にした方が良いでしょうか？」

「なにか、ほかにご用事があるのですか？」

「いえ、なにも」

「では、山に戻られるの？」

「いえ、戻りません。どこかで待ちます」

「それならば、ここでお休み下さい」

「ここと は？」

「部屋へご案内します。あちらの玄関へ」彼女は中腰になり、片手を差し出した。「湯を用意いたしますから、しばらくお待ちを」

女は縁の奥へ消えた。庭を戻り、玄関へ回った。そこにさきほどの男が立っていた。

「こちらで待てと言われました。長が戻られるまで、ご厄介《やっかい》になることに」

「カシュウ先生のところにいた、と言われたが……」

「はい」

「先生とは、その……、どういったご関係かな」

「関係とは？　ずっと同じ小屋で暮らしておりましたが」

「先生は弟子を取られない、と聞いている」

「私は、弟子だったかどうか、よくわかりません」

「剣術を習われたのか？」

「はい」

男は僅かに目を見開いた。彼はちらりと、こちらの背の刀に目をやった。

「信じられない」呟《つぶや》くように男は言う。「やはり、談判にいくべきだったか……。サナダ様を通して入門の願いを伝えてもらったのだが、叶《かな》わなかった」

「いつのことですか？」

「もう半年ほどまえになる」

「ああ、手紙を持って長のところの人が来ました。カシュウに弟子入りを望まれたのですか？」

「そうだ。しかし、断られた」

「そうですか」

「ご存じではなかったのか？」

「知りません」

「一緒に暮らしていたのに？」

「私は手紙を見ていませんし、カシュウはなにも話しませんでした」

男は腕を組み、外を眺《なが》めるように視線を送った。庭木の影が短くなっている。

「今からでも、遅くはない。一度、直々にお会いしたい」男はこちらを見て話した。「案内してはもらえないか」

「どこへですか？」

「もちろん、カシュウ先生のところだ。お主が戻るときについていっても良いか？」

「私は戻りません」

「どこへ行く？」

「わかりませんが、旅に出るつもりです。長に会えば、行き先がわかるかもしれません」

男は目を細め、難しい顔をした。

「そうか。それは残念だ。では、ほかの者に頼むことにする。カシュウ先生の居場所を知っている者がいる。教えてもらうことにしよう」

カシュウにはもう会えない。カシュウは死んだのだ。それを男にどう話そうか、と考えた。

死んだと言えば、理由をきかれる。少し面倒なことだ。どちらにしても、長に会ったときに、それを伝えなければならないし、それがここへ来た第一の目的だ。長に話すよりもまえに、別の人間に話すことは適切ではない。そう思えたので、黙っていることにした。黙っていることは、嘘をつくことではない。きかれれば答えるしかないが、きかれないことをこちらから話す必要はないだろう。

さきほどの女が現れた。イオカという名だ。その後ろにもう一人、子供がついてきた。男か女かわからない。大きくて浅い桶を両手で持っている。土間に下り、桶を下に置いたあと、奥へ走り去った。

「焚き火をされていたのでは？」イオカが男に向かって言う。

「おお、そうであった」男はそう言って、外へ出ていった。

子供が手桶を持って現れる。湯気《ゆげ》が上がっていた。その中の湯をさきほどの桶に流し入れる。その作業が終わると、黙ってこちらを見上げた。桶の前に屈んだままだった。

「これは、足を洗えということですか？」イオカに尋ねた。

「ええ、そうです」頷《うなず》いて、彼女は少し笑ったようだ。「上がっていただくのですから」

そう言われて自分の足をよく見た。たしかに、綺麗とはいえない。

「わかりました」頷いて、片膝をつき、履《は》き物《もの》の紐《ひも》を解《ほど》くことにする。

「あの、一つ、お願いがございます」イオカが言った。顔を上げて彼女を見る。「この屋敷では、その刀は不要です。お預かりしたいのですが」

「預かるというのは、あとで返してもらえる、という意味ですね？」

「はい、もちろんです」

「では……」

もう一度立ち上がり、背中の荷物を降ろし、刀をイオカに手渡した。彼女の白い腕が見える。細い腕ではあったが、刀の重さを知っている腕だった。

イオカは刀を持って一度奥へ行き、しばらく戻ってこなかった。足を洗っている間ずっと、横で子供が見ていた。十にはなっていないだろう。躰もまだ小さい。

「君は男か？」顔を見て尋ねた。

子供は黙って頷く。表情を変えなかった。

「この家で一番強いのは誰か、知っているか？」

子供は視線を一度逸らした。そんな質問をされるとは思っていなかったのだろう。一度こちらをじっと見てから、視線をまた上へ向ける。考えているようだ。

「サナダ様かな」子供は答えた。長のことだろう。

「庭にいる侍は？」

「フーマ様」

「もっと強いのでは？」

「フーマ様は強いけど、お嬢様の方が強い」子供はそう言って少し笑った。

こんな小さい子供でもよく知っているのだ。強さというものが、力や剣術の腕だけではないことを。

「お侍さんは？」

「私のことか？」

「強い？」

「わからない」

「どうしてわからないの？」

「誰も、自分の強さなど、わからない」

子供は首を傾げて、口を尖らせた。

「ありがとう」足を洗い終えたので、子供に礼を言った。

「何が？」また、子供は反対側へ首を傾げた。

イオカが戻ってきた。

「どうぞ、お上がり下さい。お部屋へご案内いたします」

「失礼します」

廊下《ろうか》は右手へ行き、直角に曲がったあと真っ直ぐに奥へ延びている。

「お食事はされましたか？」振り返ってイオカがきいた。

「あ、いえ……」実は、朝からまだなにも食べていない。

「もう昼時です。ご用意いたしましょう」

「あの……」

「はい？」

「私は、なにも持っておりません」

「なにも？　何のことですか？」

「あ、つまり、お返しできるようなものがありません。お食事をいただくとなると、なにか仕事をしなければなりません。薪割《まきわ》りなど、できることがありますか？」

「不思議なことを……」イオカは口に手を当てた。笑ったようだ。しかし、手を戻したときには、もう普通の顔。というよりも、少し怒っているようにも見えた。「お客人にそのようなことをさせられましょうか」

　そうか、客か。自分が客になったことがこれまでなかったのだ。どうすれば客になれるのかもよくわからない。おそらく、こうなったのは、カシュウのおかげなのだろう。

　渡り廊下が見えた。その先に板張りの広い部屋がある。

「あそこは？」

「道場です。ご存じなのでは？」

「剣術の、ですか？」

「そうです」

「知りませんでした。師範はどなたですか？」

「もちろん、父です」

「ああ、そうでしたか。知りませんでした。大変失礼をしました」

「なんの失礼も受けておりません」

するると、子供が言っていたとおりなのだ。

「お尋ねしてもよろしいですか？」

「何でしょうか？」

「カシュウとサナダ様は、どのような関係だったのですか？」

「それも、ご存じないのですね」イオカは頷いた。「私が生まれるよりもずっと昔のことですが、父とカシュウ様は、同門の友だったのです。今では、カシュウ様を師と仰いでおります。でも残念ながら、弟子入りは叶いません。かつて会った誰よりも、カシュウ様が優っている、と父はいつも皆に話しております」

「そうでしたか」

「貴方様のことも、聞いたことがございます。私も一度お目にかかりたいと思っておりました。まさか、山を下りて、こちらへ出てこられるとは……」イオカはそこで一度目を閉じ、小さく頷いた。それから目を開け、入れ替わったような強い眼差《まなざ》しを真っ直ぐに向けた。「あの、一つお願いがございます」

「何でしょうか？　できることならば、なんでも」

「あとで、是非《ぜひ》お手合わせを」

「何の手合わせですか？」

イオカは、道場の方へ向けて片手を少し上げる。

「父が戻ってからでは、許してもらえません。どうか、是非、私と」

「何故ですか？」

「カシュウ様には、お願いできないからです」

「私は、カシュウの代わりにはなれません」

「でも、先生から習われたのでしょう？」

「それは……、そうですが」

「拝見したいのです。その、太刀筋《たちすじ》を」

イオカは、そう言うと気持ちが滲《にじ》み出《で》るように微笑んだ。笑顔を見せたのは、このときが初めてだった。

episode 1 : Searching shadow

Discipline in self-control can easily go too far. It can well repress the genial current of the soul. It can force pliant natures into distortions and monstrosities. It can beget bigotry, breed hypocrisy, or hebetate affections. Be a virtue never so noble, it has its counterpart and counterfeit. We must recognize in each virtue its own positive excellence and follow its positive ideal, ...

第1話　サーチング・シャドウ

克己の鍛錬はときとして度を過ごしやすい。それは魂の潑剌《はつらつ》たる流れを押さえつけることもあるし、本来の素直な性質を無理やり、ゆがんだものにすることもありえる。頑固さを生んだり、偽善者を育てたり、愛情を鈍《にぶ》らせることもある。どんなに高尚な徳にも、その反面があり、偽物が存在する。私たちはそれぞれの徳の中に、それ自体のすぐれた美点を認め、その絶対的な理想を追求しなければならない。

1

部屋で一人食事をした。小さな台に椀《わん》や皿がのっている。イオカが運んできたものだ。茶を持ってきたのは、あの男の子だった。その子はすぐに戻っていったが、イオカは横に座り、茶を湯呑《ゆの》みに注《そそ》ぎ入《い》れた。それが終わっても、まだ座っていた。じっとこちらを見ている。話があるのだろう、と考えたが、彼女はなにも言わなかった。

人に見られたまま食べるのは、少々気まずく感じたので、手をつけずに待っていた。

「どうぞお召し上がり下さい」彼女が言った。

「はい、ありがとうございます。あの、なにか、私に話があるのですか?」

「はい。さきほどのことで、まだお返事をいただいておりません」イオカは膝に手を置き、静かな口調で話した。「私は、貴方様の返答を待っているのです」

「手合わせのことですか?」

「さようでございます」

「サナダ様のお許しがなければ、できません」

「何故ですか？」

「何故と言われても……」

「ゼン様と父とは、なんの関係もないのでは？」

「しかし……、その、たとえばですが、もしも怪我《けが》をさせてしまったりしては、申し開きが立ちません」

「なにを馬鹿《ばか》なことを」イオカはそこまで言ってから、大きく息をした。「いえ、すみません。あの、そんなご心配は無用です。慣れておりますから」

「お断りしたいと思います」

「何故ですか？　私が女だからですか」

「そうではありません」

「では、何故」

「うーん」考えようとしたが、言葉になりそうなものは見つからない予感がした。「そうですね。単に、その、やりたくないだけです」

「それは失礼ではありませんか？　私では不足ということでしょうか？」

「いいえ、違います。そうではありません。ただ、今は、そういう気分ではない、という意味で言いました」

「今は、どんなご気分なのでしょう？」

答えられないので、静かに溜息《ためいき》をついた。それから、目の前の膳《ぜん》を見た。

「今は腹が減っております。食べてもよろしいですか？」

「ですから、お召し上がり下さい、と申しましたでしょう？」

「すみません。あの、一人で食べたいのです。その……、慣れていないので」

イオカはすっと立ち上がった。その身のこなしを見ただけで、彼女の武道の腕が普通ではないことが理解できた。なるほど、自信があってのことなのだ。単なる無鉄砲《むてっぽう》というわけでもない。

睨みつけるような視線を、引きちぎるように逸らしてから、彼女は無言で部屋を出ていった。

ようやく、飯にありつける、と嬉《うれ》しかった。

見たこともないご馳走《ちそう》だった。あっという間に平らげてしまった。最後に、イオカが淹《い》れてくれた茶を飲んだ。これも、味わったことのない良い香りがした。里の人々はこういったものを毎日食べているのだろうか。

廊下に人の気配があった。やがて、子供が顔を半分だけ覗かせた。見られていることに気づくと、姿を現し、膝をついてお辞儀をした。

「大変美味《おい》しかった、とお伝え下さい」こちらも礼をする。

「名前は何ていうの？」

「ゼン」

「ゼン？　何ゼン？」

「氏《うじ》のこと？」

「そう。お侍さんなんだから、上の名前があるでしょう？」

「氏というのは、生まれるまえからあるもの。そういうものは、つまりは、ないのと同じ」

「ないのと同じ？」子供は首を傾げる。

大きな足音が近づいてくる。子供はそちらを見て、慌てて立ち去った。現れたのは例の侍だった。

「おお、ここにおられたか。ちょっと、よろしいかな？」

「どうぞ」

部屋に上がり、腰を下ろす。

「まだ名乗っていなかった」

「フーマ様とお聞きしました」

「そう、貴殿《きでん》はゼンといわれるそうな」

「はい」

「では、これで名乗り合ったことにしよう。よろしいか？」

「けっこうです」

「食事はお済みか？」

「はい」

「いかがだろう。私と手合わせをしてはいただけないか」

「はぁ……」息が漏《も》れた。失礼に当たってはいけないと、慌てて口を結ぶ。

「ん？　いかがなされた？」

「いえ、その……、実は、イオカ様からも、同様のお願いをされたばかりでして」

「なんと……」フーマは軽く膝を叩《たた》いた。「気の早いお方だ。それで、お受けになったのか？」

「いいえ、お断りしました」

「どうして？」

「サナダ様に会うことが、私がここに来た目的です」

「良いではないか、会えるのだから」

「余計なことをするつもりはありません」

「うん。しかし、こうしてご厄介になっているのだ」フーマは膳をちらりと見た。「多少は、その、融通《ゆうずう》を利かせるのが義理というものではないか」

「はい、それはそのとおりです」頷いてから、考えた。しかし、どうも名案は浮かばない。彼女に怪我をさせる恐れがあるなどと、そんな失礼なことを本人以外の者に言うわけにもいかなかった。

「なあ、ここだけの話であるが……」フーマは、腰を上げて近くへ寄り、声を落として続けた。

「お嬢様は、自分に勝つことができる剣士と結婚するとおっしゃっていたのだ」

そこで彼は少し身を引き、大きく息をした。黙って廊下の方を窺い、また視線をこちらへ戻すと、奇妙な笑顔を覗き見せた。よく意味がわからなかった。

「それで?」とりあえず、話を続けさせようと思い、きいてみた。

「うん、それで……」フーマは顎《あご》に手を当てて、斜めにこちらを見る。ぎょろりとした眼は、左右でややずれている。それがこの男の顔の特徴だった。「つまりだ、この俺が、お嬢様と勝負をするために来たというわけだ」

「なるほど」頷いてみせたものの、大して興味のある話ではなかった。勝ったのか、それとも負けたのか、という質問をしてほしいふうではあるが、もし負けたのならば、彼はここにはいないだろう。ということは、勝ったのか、あるいは、まだ勝負がついていないかのいずれかだろう。

「勝負をされたのですか?」

「した」フーマは頷いた。「というわけで、俺は許婚《いいなずけ》ということになったわけだ」

「いいなずけとは、何ですか?」

「知らんのか。すなわち、夫婦になることを約束した仲という意味だ」

「なるほど、そうでしたか」

「驚いたかね?」

「いいえ、あの、どうして、約束をされたのですか?」

「は? それは、約束をせねば、その……、人の間柄《あいだがら》とは、そういうものではないか」

「いえ、何故、すぐに夫婦にならないのか、という意味です」

「ああ、それは……、やはり、その、諸事情がある。縁起もある、段取りというものもあろう」

「ああ、なるほど」よく理解できなかったが、興味がなかったので、適当に頷くことにした。この程度では嘘には当たらないだろう。

「そういうわけなんだ。それにだ、これもここだけの話だが、サナダ様は、もうお歳でな、うん、特に、腰を悪くされている。とても試合ができるような躰ではない。俺が来るまでは、事実上はお嬢様がここの師範だった。まあ、門弟はこの里の百姓ばかりで、大したものではない。俺も、スズカ・カシュウの噂《うわさ》を聞き、この里へ来た。昨年の冬のことだ。それが、まあ、奇妙な縁でこうなってしまった。今は居候《いそうろう》の身だが、ゆくゆくは道場を継ぐことになろう。氏を変えねばならぬかもしれんが、それはしかたあるまい」

どうして、そんな身の上を初対面の者に語るのだろう、ということが不思議だった。しかし、人というものはこういうものか。すなわち、いつも大勢の人間がいるところでは、このようにお互いを知り合うことが必要なのかもしれない。面倒なことではあるけれど、こうでもしなければ、誰が何を考えているのか、自分に予期せぬ害が及ばないか、と不安にもなるのだろう。そんな想像をしながら、フーマの話を聞いていた。

彼は今は刀を持っていなかった。やはり屋敷の中では帯刀は許されていないようだ。そこまでしなければならないのも、やはり里の流儀、あるいは世の流儀なのかもしれない。

世の中には多くの決まり事がある、とカシュウからしばしば聞かされていた。決まり事には何《なん》人《ぴと》も逆らうことができない、というのも決まり事の一つらしいが、しかし、その考え方は、どうも矛盾《むじゅん》をしているように感じられる。まだ、自分でもよくはわからない。世の中というものが、大勢の人間を抱《かか》えて、どのようにして成り立っているのか、それをこれから自分の目で見たい。

「どうされる？」フーマがきいた。相変わらず、笑いを堪《こら》えたような奇妙な口の形だった。

「どうする、というのは？」

「手合わせを願えないか、ということに対する返答は？」

「ご辞退したい」軽く頭を下げて断った。

「そうか……、それは、残念だな」

しかし、言葉とは逆に、彼は不満そうには見えなかった。さきほどよりも嬉しそうだ。

「いや、忘れてくれ。貴殿には貴殿の道がある。干渉するつもりは毛頭ない。ただ、機会があれば、カシュウ先生には、是非お会いして、お手合わせをいただきたいと願っている。そのときには、どうかよろしく」

答えようがないので、また軽く頷いた。

「では、ごめん」フーマは立ち上がった。「そうそう、いつ、ここを発《た》たれる？」

「サナダ様にお目にかかれば、そののち」

「お帰りになるのは夜のことだ。泊まっていかれるのがよろしかろう」

「そこまでお世話になるわけにはいきません」

「さて、では……」

　フーマは部屋から出ていった。足音が遠ざかり、静かになる。しばらくすると、子供がまた現れ、膳の後片づけをしてくれた。イオカがやってきて、手合わせを乞《こ》われるのではないか、と考えた。さきほどの返答は、腹が空いていて気分が乗らないという意味に取られたようだったから、満腹になれば受けてもらえるか、と問われるかもしれない。そんな予想をしていたのだが、彼女は現れなかった。

　里の長の家が道場であることも、その長が同門であることも、カシュウは教えてくれなかった。だから、こんなことになるとは予想もしなかった。武術を志す者とは、こんなにも好戦的なものか。それとも、自分がスズカ・カシュウの最後の弟子だったことが引き起こしている事態なのか。いずれにしても、以後は気をつけなければならない。

　いかに戦わずに生きるか。それがカシュウが教えてくれた最も基本的なことだった。強くなる理由は、戦いを避けることにある。戦う術をすべて学んだそのあとに、最後にその教えを受けた。初めは、驚いた。矛盾しているように感じた。今でも不思議なことだと思う。

　あるいは、カシュウはまもなく自分の命が絶えることを知っていたのかもしれない。死には何者も勝てない。武の目的は、明らかに生の維持にある。生き延びるためにあるものだが、誰にも訪れる身近な敵には通用しない、ということだ。

い笑顔で。

「戦いを避けるたびに、お前は強くなるだろう」とカシュウは言った。それも、そのときはまったくおかしな話だと合点《がてん》がいかなかった。将来は山を下りて実戦の経験を積め、とも教えられていたのだ。矛盾しているではないか。その矛盾を訴えると、カシュウは微笑んだ。いつもの涼しい笑顔で。

「戦いを避けることも実戦のうちである」

それが返答だった。矛盾が消えたとはまったく思えない。どのように解釈すれば良いだろう。

じっと座ったまま、そんな思いを巡らした。

昨夜の遅くにカシュウは息を引き取った。彼の前に座したまま夜を徹した。そして、兼ねてから指示されていたとおり、カシュウを残し、庵《いおり》を出て山を下りたのだ。

ほかに、自分にできることは思いつかなかった。

これから、どうすれば良いだろう、という迷いはあったが、しかし、歩けば、道は一本しかない。なるほど、とにかく目の前の道をカシュウは示してくれたのだ、と思った。

自分の亡きあとは里の長に会うように、とだけは聞いていた。だが、カシュウからサナダへ宛《あ》てた手紙といったものはない。伝えることは、カシュウの死以外にない。それとも、会えばなにか得るものがあるということだろうか。

高い声が聞こえてきた。子供だろうか、それとも女か。遊んでいるふうではない。一人ではなく、何人かが掛け声を合わせているようにも聞こえる。道場からだろう。しかし、目を開けることもなく、音も聞かないようにした。

自分の今の位置、そして姿勢に集中し、これまでのことを振り返ろうと考えた。昨夜はとてもできなかった。カシュウが去ったことで心が乱れていた。山を下りる間も、できるだけそのことを考えないようにしていた。今は少し落ち着いたかもしれない。

死とは、特別なことではない。それは、カシュウの口癖《くちぐせ》だったではないか。

「死は、誰にでもある。まことに不思議なことだ」カシュウは言った。「ただの一度だけしかない。生きることがただの一度であるのと同じ。つまりは、この一生の長さと一瞬の死が、対になっているということだ。わかるか？」

「はい」

「両者は同じ価値なのだ」

「生と死がですか？」

「そう」

「いえ、そうは思えません。生には価値があります。生きていれば、考え、働き、数々のものを生み出すことができます。しかし……」

「それらのすべてが死によって帳消しになる。どうだ？　釣り合っているだろう？」

「それは……、同じ価値ではなく、反する価値なのでは？」

「反してはいる。しかし、どちらが表、どちらが裏、どちらが善、どちらが悪というものでもない」

「死は、善とは思えません」

「生を悪とし、死を善とすることもできる。いかようにもなる。死を悲しむことはない。今ここにあるものが、明日はなくなるだけのこと。煙も同じ、花も同じ、ここにあったかと覚えても、たちまちどこかへ消えてしまう」

「人も同じなのですか？」

「まったく同じ。愉快ではないか」

「愉快……、とは思えませんが……」

死は愉快ではない。

それは、教えられたものではないが、生来の気によるものだろう。

それに、死をどうこうと考えること自体が、生きた人間のすること。死んだ人間が考えるとは思えない。躰を離れた魂が、死について考えているだろうか。

2

何時間もじっとしていたので、さすがに厭《あ》きてきた。襖《ふすま》を閉めてから、横になってみたが、寝ることはできなかった。やはり、まだ平静ではない、ということか。

部屋にずっといることができなくなり、庭に出て外の景色を眺めた。門から少し出てみたものの、道には誰の姿もなかった。里の様子を見てこようとも考えたが、勝手に出かけるわけにもいかないだろう。

イオカに許可を得ようかと考える。だが結局、夕方まで彼女とは会えなかった。僅かに言葉を交《か》わしたのは、この家の使用人と思われる中年の女だけだった。お嬢様ならば道場にいらっしゃる、とのことだった。そちらからは絶えず声が聞こえている。おそらく大勢が集まっているのだろう。だが、道場へは近づかないことにした。

部屋に戻って、しばらく瞑想《めいそう》していると、足音が近づき、イオカが現れた。夕食をどうするか、皆が集まるところで一緒に食事をするか、あるいは、昼のようにここへ膳を運ばせようか、と問われる。一人が良い、と答えると、彼女は立ち去った。

膳を運んできたのは、若い女で、初めて見る顔だった。壺《つぼ》のようなものが添えられていた。手にすると温かい。鼻に近づけると、腐っているような強い臭《にお》いだった。

「これは何ですか？」用意の途中の女に尋ねた。

「それは、お酒だ」

「酒？　ああ、これがそうか。私は飲まない」

「おや、もったいない。飲みなさい」

「いや、けっこう。持っていってくれ。飲みたい者がいるのでは？」

「もちろんいるさ」女は声を上げて笑った。

酒を持って女が立ち去ったところへ、イオカが現れた。すぐ前に膝をつき、膳をじっと見る。

きょとんとした顔を上げて、こちらに視線を向ける。

「どうしたのですか？」

「お酌《しゃく》をしに参りましたのに、お酒がありません。なんという失礼な。大変申し訳ございません」

「酒は下げてもらったのです」

「え？　お気に召しませんでしたか？」

「そうではない。飲まないのです」

「お嫌いですか？」

「そう……、です。いや、違う。嫌いというのではなく、飲まないと決めている、ということです。飲んだことはありません」

「また、どうして？」

「カシュウに言われたことです」

「カシュウ先生は飲まれたのでは？　うちから届けさせたことがあるはずです」

「ときどき、少しずつは飲んでいたようです。薬としての効用があると。しかし、基本的には躰に悪い、武には効かぬもの、と教えられました」

「武には効かぬもの？」イオカは口に手を当ててふっと息を吐《は》いた。「まあ、それは、そのとおり、なんとももっともなことです」

「せっかく用意をしていただいたのに、恥をかかせて申し訳ありません」

「恥なんかかいておりません」イオカはまた笑った。「お客様には女がお酌をするものですが、私は、あまり気の利いたこととは思っておりません。ね、そうじゃありませんか？」

「いえ、よくわかりません」

イオカは座り直し、膝に手を置いた。

「あの、ここにいてはいけませんか？」

「どうしてですか？」

「役目がなくなってしまいましたが、向こうへ戻って、騒がしく食事の世話をするのも気が進みません。ここでお客人の話の相手をしている、ということにしたいと思うのですが」

「かまいません。しかし、それでは貴女《あなた》は食事ができないのでは？」

「あとで一人で食べます。邪魔ですか？」

「いえ、邪魔ではない」

「どうぞ、召し上がって下さい」

食べにくいとは思ったが、気にしないで少しずつ食べることにした。話の相手と言ったのに、イオカはこれといって話をしなかった。ときどき彼女を見ると、眼差しがぶつかる。それよりは、食べ物を見ている方が良いので、こちらも黙って食べた。

「ゼン様は、おいくつですか？」イオカがきいた。

「わかりません。数えたことがないので」

「私よりもお若いはずです」

「そうですか」

「たしか、父がそんなことを言っておりました。カシュウ様のところに子供がいた。どこから来たのかわからない、と……」イオカはそこで言葉を切った。

顔を上げて彼女を見る。

「申し訳ありません」イオカは頭を下げた。「つい……」

「いえ、なにも……。謝る必要はありません」

「ゼン様は、どちらからいらっしゃったのですか？」

「わかりません。自分は覚えておりません」

「カシュウ様がお話しになりませんでしたか？」

「はい。それを問うことも禁じられておりました」

「まあ……、それは厳しいことですね。それでも、なにかゼン様に見どころがあったのでしょう」

「見どころ？」

「ええ、そうでもなければ、あんな山奥に小さな子供を……」

「武術の見どころなど、子供にはありません」

「いいえ、カシュウ様ほどのお方ならば、きっと見抜かれたにちがいありません」

そうだろうか、と自分に問いかけた。

そういったことを深く考えたことはなかった。自分がカシュウに選ばれたとは思えない。そうではないだろう。最初のうちは、カシュウは自分を疎《うと》ましく思っていたはずだ。なんとなくそのように感じられた。子供の面倒を見ることは、カシュウには余計な仕事だったにちがいない。

ただ……、物心ついた自分は、とにかくカシュウに取り入りたくて必死だった。なにしろ、大人は彼しかいない。彼に嫌われることは、それこそ死に直結する障害だったのだ。いつも顔色を窺い、彼の言葉を理解し、少しでも好かれようと努力した。古い思い出といえば、そういったものばかりなのだ。

だがそれが、剣術を教わるようになってから一変した。

いつだっただろう。

あるとき、一本の棒を手渡された。

それは、いつも火を搔《か》き混《ま》ぜるときに使う真っ直ぐの木の枝で、細い方半分は黒く焦《こ》げていた。

「これを振れ」カシュウは言った。

言われたとおりにその棒を振ってみせる。

「お前は、左手が利くようだな。しかし、逆だ。右手でここを掴む。この位置だ。左手は、軽く端に添えるだけで良い。そうだ。力を入れる必要はない。どうだ？　もっと腰を下げて……」

その棒は、三日後には折れてしまった。あれは、いくつくらいだっただろう。まだ躰が小さかったように思う。あんな小枝が重く感じられたのだから。

気がつくと、イオカがこちらを見ていた。

「あの刀は、どうされたのですか？　どこで作られたものでしょうか？」

「わかりません。カシュウから譲り受けたものです」

「紅《くれない》の美しい鞘《さや》がとても珍しくて、見とれてしまいました。今まで見たことのない色です。きっと、刀身も素晴らしいのでしょうね。あとで、見せていただけませんか？」

「名のある刀とは聞いていません。銘《めい》もない」

「銘がなくとも、名刀は名刀です。是非、拝見させて下さい」

「わかりました」

イオカは納得した顔で頷き、ようやく腰を上げた。

「そろそろ戻らないと……。では、のちほど」

その後は静かに、一人で食事ができた。すぐに食べ終えてしまった。

どうも、人というものは、自分以外の人間に勝手を言うように思う。子供のときは誰でもそうだが、大人になれば、丁寧な言葉遣いを覚え、さらに、あれこれと理由をつけるようになる。あるときは、なにかを犠牲にし、それと交換してでも目的を遂げようと知恵を絞る。自分がそうだったから、それがわかる。

結局は、子供のときの勝手と同じこと。そうではないか、と思えた。

イオカはまだ若い。あるいは、女だから甘えているのだろうか。自分の気持ちを押しつけてくるような姿勢が感じられた。たぶん、そういうことが許される立場、当たり前の身分だったのだろう。

しばらくして、再びイオカが現れた。刀を持ってはいない。

「ご案内いたします」

「どこへ?」

「刀は道場にあります。ほかの部屋では、刀を抜くことは禁じられているのです」

「そうですか」しかたなく立ち上がった。

イオカの後について廊下を進む。途中で欄間《らんま》から明かりが漏れる部屋の前を通ったとき、中から人の声が聞こえた。聞き覚えがあるのはフーマの声。そのほかにも何人かいるようだった。

渡り廊下を過ぎ、道場の入口に至った。奥の右手に明かりが二つ揺れている。外の風が中まで入るためだ。その明かりの辺りは一段高くなっていて、畳が敷かれているようだ。背後の壁の中央には掛け軸がある。一文字だけ書かれていたが、それが文字だということしかわからなかった。中に入り、イオカはそちらへ行く。壁際に刀が幾本か供えるように置かれていた。入口のところに留《とど》まって待っていると、イオカが呼んだ。

「こちらへどうぞ。明るい方へ」

一礼してから中へ足を踏み入れる。斜めに道場を進み、畳の段の前で待つ。

「お上がりになってけっこうです」

「失礼」

畳に上がり、彼女が示した場所に座った。もう、ここまでは人の声は届かない。しんと静まり返っている。

イオカが赤い刀を両手に持って近づいてきた。すぐ前で膝をつき、刀を差し出す。左手でそれを受け取った。

「見せていただけますか」

「抜けということですか？」

「お願いします」

右手で柄を握り、刀を引き抜く。そして、天井《てんじょう》へ向けた。

イオカは後ろにあった燭台《しょくだい》を前に出し、さらにこちらへ押して移動させた。刀に光を当てるためだ。

彼女は黙ってしばらく見上げていた。やがて、小さく溜息をつき、さらに再び、じっと刀身に

見入る。

無音の道場の半分は闇の中だった。明かりが近づいたので、余計にそう見えた。壁の高い位置に、横長の窓がある。夜風がそこを抜けていくのだろう。月が出ているのか、白っぽく弱い明るさが窓際に僅かな影を作っていた。イオカの顔にも、自分が持つ刀にも、目を向けないようにした。いずれも、あまりにも妖《あや》しい。避けるべきもののように感じられたからだった。

その静かな時間が長く続いた。だが、空にあるはずの月の位置を思い浮かべていると、近くで彼女が口をきいた。月に比べれば、人間は近い。

「素晴らしい作りですが、一度、お研《と》ぎになった方が良いかと存じます」

「研ぐ？　ああ、自分でできます」

「いえ、それはやはり、名のある匠《たくみ》にお任せになるべきかと」

「そういう人が近くにいますか？」

「隣の村に」

「わかりました」

「それにしても、素晴らしい」彼女は溜息をついた。「あの、お願いをしてもよろしいかしら」

「何ですか？」

「持たせていただけないでしょうか」

「どうぞ」

刀をそのまま前に差し出した。

イオカは刀を持ち、見上げるようにして眺めた。

「細いですね。それに、思ったよりもずいぶん軽い」

「そうですか」それは知っていた。「私は力がないので、そのくらいで良いのです」

「折れなければ良いですが」

「そのとおり」

「でも、今まで折れなかったのですから……」イオカはそこで口許《くちもと》を緩《ゆる》めた。「これは、新しいものではありません」

「古いものと聞いております」

「何人も人を斬《き》ったことでしょう」

「たぶん」

「それでも、折れなかったのですからね」

「古い刀とは、どれもそういうものです」

イオカは刀を水平に向け、それを前に振った。切っ先がこちらへ迫る。

その刃に沿って、彼女の眼差しが届く。

目をやや細め、視線を隠すような顔だった。

さらにまた、静かな時間が流れた。

彼女は動かない。

やがて、ふっと息を吐くと、刀を天井へ向け、そして、腰を浮かせてこちらへ近づく。

「私が斬りつけると、お考えにならなかったのですか?」すぐ近くまで来て、彼女は囁《ささや》くように言った。

どう答えて良いのかわからないので、黙っていた。

実のところ、斬りつけてくるといった想像ならば、いつでも、誰に対してでもすることだ。周囲に人がいないときでさえ考える。常にそれを考えているといっても良い。

彼女の意図は何か。そんな当たり前のことを尋ねているのではないはず。

「もしも、そうなったら、どうなさるおつもりですか?」彼女はまたきいた。

「それは、貴女がどう斬りつけてくるかによって違います」

彼女の片目が少しだけ大きくなった。

そのままの姿勢で動かない。

相当に腕が立つことはわかった。

眼は左、腕は右利きだ。左手の握りがやや深い。腕力がないためにそうなるのだろう。片方の膝を持ち上げようとしているが、完全には立ってはいない。まだ体重を乗せられない。したがって、その姿勢では斬りつけるのに充分な速度が出ない。一瞬だけ遅れるだろう。それを少しずつ有利な体勢へ持っていこうとしているみたいだが、動けばこちらが感づくこともまた知っているようだ。

　もちろん、彼女が襲いかかってくることを考えなかったわけではない。自分は左手で鞘を握っている。だから、左から刀がくれば、鞘で払《はら》い除《の》けることができる。右からくれば、懐《ふところ》へ飛び込んで右腕で、相手の腕を止めて遮《さえぎ》る。その場合には、彼女に怪我をさせることになるだろう。最も可能性が高いのは、中央からの突きだが、それには彼女の体勢が不充分すぎる。簡単に左右どちらへも、また後方へも逃れることが可能。

「何故、そのように安穏としていらっしゃるのか」イオカが尋ねた。「見くびられている、ということですか？」

「いいえ、見くびってはいない。貴女の腕は確かなものとお見受けしました」

「では、何故？」

「現在はまだ、さほど危険な状況ではないだけのこと」

「危険ではない？」

「はい」

「やはり、見くびられているとしか……」

「どうか、刀を納めて下さい」

　イオカは息を吐いた。彼女は座り直し、刀を左へ下げる。右手でそれを持ち、左手を広げてこちらへ差し出した。

「鞘を」彼女は言った。

斜めに鞘を手渡す。彼女はそれを受け取り、すぐに刀を納めた。それから、両手でそれをこちらへ手渡そうとする。

だが、右手がまだ柄を握っていた。

膝をつき、腰を上げ、こちらへ近づき。

途中で止まる。

間合いを測っている。

息を止めている。

眼に一瞬の微動。

彼女が片膝を立てる。

それと同時に、こちらも突っ込んだ。

左手で刀の柄を捉《とら》え。

彼女の右手に触れる。

同時に、右手は鞘を握る。

彼女が引き抜こうとする刀。

それを押し留めた。

ゆっくりと、静かに、刀を戻す。

イオカの顔が目の前にあった。

彼女は諦《あきら》め、力を抜いた。

その息がかかる。

白い手が、刀を放した。

刀を完全に納め、自分の後ろへと回す。そして、座り直した。

刀を返さずに鞘を求めたときに、居合いではないか、という予感がした。おそらく、そのまえは抜いた刀だったので、彼女の得意の形になれなかったのだろう。惜《お》しむらくは、距離が近すぎたこと。

彼女も座り直した。両手を前につき、ゆっくりと頭を下げた。

「大変失礼をいたしました。どうか、お許し下さい」

「居合いをされるのですね？」

「はい」顔を上げて頷く。「どうか、今のことは、ご内密に。特に、父に知れますと……」

「理由をきいても良いですか？」

「はい」もう一度、イオカは頷く。「実は……」

しかし、足音が近づいてくる。イオカの話は聞けなかった。

現れたのは、大柄な男で、明らかにこの家の主の風格だったし、どことなく見覚えもあった。

3

　場所を座敷《ざしき》に移し、里の長であるサナダと向き合って座った。イオカは茶を運んだだけですぐに立ち去った。想像していたよりもサナダは若い。頭髪も顎鬚《あごひげ》も豊かで黒く、太い眉毛《まゆげ》にぎょろりとした大きな目が特徴だった。イオカと似ている部分を探せば、それは瞳《ひとみ》だろう。

「立派になられましたな」サナダは上機嫌な口振りだった。「私がカシュウ様のところへ行ったのは一度だけ。もう、そう、十年にもなりますか。そのときに、以後二度と来るなとカシュウ様にきつく言われたのです」

「どうしてですか？」

「さあて、どうしてでしょう。うん、まあ、おそらくは、このむさ苦しい顔を見たくなかったのではないかと」そう言うと、サナダは声を上げて笑った。「いやいや、ああ、あのお方はそういう人だ。面倒なこと、無駄な時間というものを嫌われる。私が行けば、酒を飲んで、長い話につき合わされる。用件だけでは済まない、というわけでしょう。いやいや、しかし、驚きました。覚えておいでですか？　私のことを」

「はい、さきほど思い出しました」

「うん、まだほんの、これくらいの」サナダは片手を横に差し示す。「またどうして、このようなお子を預かられたのか、とカシュウ様におききしたのです」

「カシュウは何と言いましたか？」それは是非ききたいことだった。

「いや、お答えにならなかった」サナダは顎に手をやり、鬚を引っ張った。「うん、だが、聞かなくてもわかるというもの」

わからなかったので、首を傾げてみせる。

「伝えたいものがあったということでしょうな。それには、受け止める器が必要だ」

伝えたいもの？

それを受け止めるために？

そんなふうに考えたことはなかった。否、そうは思えない。

「私は、どこからカシュウのところへ来たのでしょうか？」別の質問をしてみた。

「それも、きいたのだが、お答えにはならなかった。そもそも、カシュウ様が貴方におっしゃらないことならば、私が知るはずもない。尋ねられたのでしょう？」

「尋ねることは禁じられておりました」

「うん、それはまた厳しい。子供ならばいざ知らず、もうこれほど立派になられたのだ。教えて下さってもよろしかろうに……。ところで、そんなことを尋ねに、わざわざここへ来られたのですか？」

「違います」

「では、ご用件はどんなことですか？」

「はい……」姿勢を正し、一呼吸置いた。「昨日、カシュウは死にました。それをサナダ様にお伝えするために参りました」

「なんと……」サナダの表情が一変し、太い眉が寄った。遅れて、目は細く半《なか》ば閉じられる。口はなにかを言っているように動いたが、しかし言葉としては聞き取れなかった。

大きなその瞳から涙が零れ、頬を伝ったが、彼は拭《ぬぐ》おうともしなかった。

しばらく、時間だけが過ぎた。

サナダが力を入れて大きく息を吸い込み、僅かに舌打ちをしたあと、天を仰ぎ見るように顔を上へ向ける。だが、目は閉じられていた。それから、ふと気がつくように目を開けると、こちらを見据《みす》える。

「確かなことですか？」

「はい」

「どのような最期だったのでしょうか？」

「眠るように、静かに」

「苦しまれなかったのですね？」

「それは、わかりません。表に出す人ではなかったので」

「以前から具合が悪かったのですか？」

「それも、わかりません。そんなふうには見受けられませんでしたが、しかし、今にして思えば、そうだったのかもしれない、と思い当たることはあります」

「しかし、まだ早い」

「はい」

「無念だ」

「山の庵にカシュウを残してきました。もしもの場合には、まずサナダ様のところへ行くように、と指示されておりました」

「夜は無理なので、明朝一番で向かいます」

「どのようにすれば良いものか、私は知りません。どうかよろしくお願いいたします」手をついて頭を下げた。

「わかりました。あとのことはお任せ下さい」

「用件は、それだけです。では……、これで失礼いたします。いろいろとお世話になりました。ご馳走にもなりました。お嬢様によろしくお伝え下さい」頭を上げて、立ち上がろうとする。

「お待ち下さい。今から、山へ戻られるのですか?」

「いえ、山には戻りません。これも、カシュウに言われております。山を下り、旅に出ろと。ただ、そのまえにまずサナダ様を訪ねよと……」

「それについては、言付かっているものがあります。まあ、とにかく……、お座り下さい」サナダは片手を広げた。「こんな時刻から出かけるものではありません。今夜はお泊まりになっていかれるのがよろしい」

「言付かっているというのは？」

「カシュウ様から預かっているものがあります。おそらく、それを受け取るために、こちらへと指示されたのでしょう」

「何ですか。それは」

「明朝、お渡しいたします」

「わかりました。では一晩だけ、ご厄介になります」

「一晩と言わず、何日でもご滞在下さい。私も話したいことが沢山ある。ああ、しかし、それにしても……」サナダは膝を軽く叩いた。「なんとも、残念なことだ」

廊下から声が聞こえ、襖が開く。イオカが座っていた。

「お父上、お食事の用意ができました」

「そうか」サナダは娘に応《こた》え、またこちらを向いた。「少しの間、失礼をします。すぐに戻ります。のちほど、そう、弔《とむら》いの酒で、今夜は話し明かしましょう。イオカ、すぐに用意を」

「いえ、私は……」

しかし、サナダは大きな溜息をついて立ち上がり、部屋から出ていった。イオカが代わりに入室し、襖を閉めた。彼女は明かりのところへ行き、油を注《つ》ぎ足《た》したあと、近くまで来て座り、手をついて頭を下げた。

「さきほどは大変失礼をいたしました。また、父にお話しになられなかったご様子、重ねてお礼を申し上げます」

「話が途中でしたね」

「はい……」

さきほどのイオカとは別人のようだった。下を向き、しばらく黙っていた。そして、そのまま顔を上げずに、やっと聞き取れるほど小さな声で話した。

「ゼン様には、是非とも、フーマ様とお手合わせをしていただきたく、切にお願いしたいと存じます」

またその話か、と思った。

「もしお受けいただけるのなら……」

「いえ、お受けできません」

彼女は顔を上げない。まだ下を向いていた。断られることは承知していたようだ。驚く様子はない。無言で静止したまま。重い沈黙が続く。

「フーマ様からも頼まれたのですが、お断りいたしました」こちらから話した。「それで、納得されたご様子でしたが」

「私が見たところ、あのお方は、ゼン様には及びません。ご自身でも、それを充分に察知しておられるのでしょう」

そうだろうか。そんなふうではなかったように思う。彼はもっと自信家に見えた。

「相当に腕の立つ方だとお見受けいたしましたが」

「もちろん、それなりには」

「上下を決めねばならない道理がありません」

「私は、このままでは、フーマ様と夫婦にならねばなりません」イオカはそこで顔を上げた。「大変お恥ずかしい話ですが、賭《か》け事《ごと》のような真似《まね》をしてしまったのです。いえ、私は勝てるはずでした。できることならば、今一度……」膝の片手が強く握られる。声が震えていた。「この命に替えても、二度とあのような失態は繰り返しません。絶対に負けません。そう確信しております。ですから、このままでは、いずれフーマ様を討ち、自害するしか道がありません」

「それは良くない」

「そこまで思い詰めております。ことはそれほどに……」彼女はまた下を向いた。歪《ゆが》めた顔を見せたくない、ということだろうか。

しかし、どう考えて良いものかわからない。解決の方法など、思い浮かぶはずもなかった。そもそも、どうなれば解決なのだろうか。

「どのようになれば良いとお考えでしょうか？」イオカにそれをきいてみた。

「フーマ様に優る剣士がいらっしゃれば、私はそのお方のものです」

「馬鹿なことを……。何故、そのようにご自分を品物の如く扱われるのですか?」

「そうでもしなければ、対等には扱ってもらえないからです」

これにも返す言葉がなかった。

なるほど、それで腕を確かめるために斬りかかってきたのか。彼女にしてみれば必死だったのだ。そうにちがいない。

だが、そういった状況に誘い込まれてしまった自分にも責任はある。困った立場に既にいることが理解できた。

「貴女のご依頼を受けて、フーマ様を倒せば、それは、フーマ様にはあらぬとばっちりというものです。私は彼に恨みはありません」

「お願いでございます。どうかお力を……」イオカはまた頭を下げた。

「困りました」腕組みをした。言葉どおり、本当に困った。しかし、巻き込まれた問題は、それほど複雑ではない。無理に複雑にしているのは、彼女自身なのだ。「私が思うに、どうしてもお嫌ならば、まずはフーマ様にお詫《わ》びをするのが筋ではありませんか? それを試されましたか?」

「いいえ」イオカは首をふった。「そんな恥さらしなことはできましょうか。一度口にした言葉を翻《ひるがえ》すわけにはいきません」

そうはいっても、刺し違えて死ぬよりはましではないか、と考えた。だが、そのまま言葉にするには少々厳しすぎる。目上の人に向かって無礼になるようにも感じた。

次に思い至ったのは、ほかに腕の立つ者がいるのではないか、ということだった。彼女が頼める範囲にはいないにしても、方々へ手を尽くせば、それくらいの人物はいくらもいるはずである。特別にフーマが強いとは思えない。ただ、そういった手を尽くすには、父であるサナダに相談する必要があるだろう。それを彼女が承知できるか、という点が問題だ。

「お父上には話されましたか？」

「何をですか？」

「その、ご自身の本当のお気持ちをです。ご相談されたのですか？」

「いいえ。そのようなこと……」

「それでは、差し出がましいようですが、私が話しましょう」

「え？」

「サナダ様が事情を知れば、きっと、貴女に相応《ふさわ》しい人物を探してこられるはず」

「そのまえに、父がフーマ様と剣を交えることになりましょう」

「まさか」

「私が、それを止めたのです。父はフーマ様を気に入ってはおりません。自分に勝たねば娘をやるわけにいかぬ、と言わんばかりでした。しかしながら……」イオカは首をふった。「勝てません。今の父上はもうご老体で、酷《ひど》く目が悪いのです。とても勝てません。もしものことがあれば……」

「どのようにして止めたのですか？」

「フーマ様が気に入った、と申し上げました。そのように言うしかありませんでした」

「なるほど」

はたして、複雑なのか、あるいは単純なのか。人の間の関係というものは、こういったふうに真実から離れ、絡み合うものなのか。もともとは強く結ばれているわけでもない。ただ、それぞれがその場で取《と》り繕《つくろ》った糸を手放さないせいで、引き合ってしまうのだ。誰か一人がちょっと手を放せば、簡単に解《ほど》くことができるものを。

サナダに話しても、結局は同じことになるような気がした。つまり、娘のためにフーマを倒してくれないか、と頼まれるのではないか。イオカの場合と違い、サナダにはカシュウのことで義理がある。断ることはいっそう難しくなるだろう。

酒の用意をするために、イオカは部屋を出ていった。酒についてもう一度断ったのだが、聞いてもらえなかった。まったく面倒なことである。

4

すすめられて風呂《ふろ》に入った。道場の近くで、湯に入りながら庭が見えた。それよりも、熱くて驚いた。我慢をしてなんとか浸かったのだが、長くはとてもいられなかった。風呂から上がると、使用人の女が、着物を抱えて出ていこうとしていた。

「それは私の着物だ」

「これは洗います。こちらをお召し下さい」

なんだか固い布でできた着物だったが、着ているうちにすぐに慣れた。どの部屋へ戻れば良いのか迷った。さきほどの座敷の前を通りかかったので、襖を開けて覗いてみる。

サナダが床の前に座っていて、イオカが酌をしているところだった。

「おや、風呂ではなかったのですか？」サナダがきいた。

「入りました」お辞儀をして座敷に上がる。「着物をお借りしました。お気遣《きづか》い、ありがとうございます」

「鴉《からす》の行水ですな」

「からす？　鳥の鴉ですか？」

「どうぞ、こちらへ」イオカが言った。

既に酒が用意されている。とりあえず、さきほどと同じ位置に座った。彼女が盃《さかずき》を差し出す。

「申し訳ありませんが、私は酒は飲まないのです」サナダに向かって言った。

「そうおっしゃらず」サナダが言った。「うちで作っている特別な酒です。味見だけでもして下さい」

しかたなく、イオカの酌を受けた。彼女は穏《おだ》やかな顔で、これまでにない淑《しと》やかな仕草《しぐさ》だった。父親の前ではそのように振る舞っているのだろうか。

「そういえば、さきほどは、道場におられましたな」サナダはそう言うと、イオカの方を見た。

「稽古《けいこ》でも見てもらうつもりだったのか？」

「はい。ゼン様の刀を拝見いたしました。細い珍しい刀です」

「せがんだのではありませんか」サナダがこちらへ尋ねる。

「いえ、かまいません」

「立ち居からして、相当に修行されたことと推察しますが、いかがですか、ゼン様から見て、このイオカは」

「いえ、その……」

「ほんの少しだけですが、居合いの型を見ていただきました」イオカが話した。

「女だてらに恥ずかしいことです。跡取りがいないものですから」

イオカが席を外したので、その後は、サナダ家のことに話が及んだ。ただ聞いているだけになったので、少しほっとした。サナダの妻は、イオカを産んですぐに亡くなったという。つまり子供は娘一人。なかなか嫁にいかないので困っている、と苦笑する。冗談のように語るので、どこまでが真意かはわからない。酒は嘗《な》めるようにしか飲んでいなかったが、躰が充分に温まった。酸味のある甘い味だった。あまり黙ってばかりでも失礼かと思い、尋ねてみることにした。

「フーマ様が、婿《むこ》に入られるのでは？　そのように伺《うかが》いましたが」

それを聞いて、サナダは一瞬顔を顰《しか》めた。舌打ちしたあと、持っていた盃を傾けると、目を瞑《つむ》り、難しい顔で黙ってしまった。機嫌を損ねたことは確かだ。言わなければ良かった、と反省した。口は禍《わざわい》の元とは、こういう状況をいうのか。どうも、人と話をするとき、どこまで語って良いものか、どこまで黙っていれば良いものか、匙加減《さじかげん》がわからない。それ以前に、そのようなことに気を遣わなければならないことが疲れる。慣れなければならないことだろうか。

「私は反対なのです」サナダは呟くように口を開いた。それから、俯《うつむ》き気味の姿勢から鋭い視線をこちらへ向ける。「腕はそれなりに立つのだが、育ちが悪い。いや、それが問題なのではなく、つまり、育ちの悪さによる性《しょう》の問題です」

「私にはよくわかりません」

「たとえば、ゼン様、貴方と比べれば歴然としている」

「私は、育ちが良いとは思えません。どんな素性《すじょう》の人間なのか、自分でもわかりません。山奥で何をしていたのかといえば、ただ毎日食べるものを探しておりました。豊かな暮らしではありません」

「いや、違う」サナダは片手を広げた。「そうではない。武の心、いや、人の心の問題なのです。こうして、ほんの一時、お話をしただけで、それが窺える。そういうものです」

「私にはわかりません。私はただ、カシュウを見習うしかなかったのです。カシュウしか大人がいなかったのです」

「そうです。その手本が素晴らしかった。人の子というのは、まったくもって鏡のようなもの。身近の大人を映して育つ。そういうものなのだ」

「カシュウはいなくなりました。これからは、私は誰を手本とすれば良いでしょうか？」

「ご自分を映されるがよろしい」

「自分？」

「独《ひと》り立《だ》ちした剣士とは、そうする以外にない。私は、師から何度もそう教えられました。カシュウ様も、おそらくは同じお考えだったでしょう」

たしかに、思い当たることがあった。

剣を習い始めた頃には、このとおりにしろ、と真似ることを命じられたが、この頃になってカシュウの口からよく聞かれた言葉は、真似るな、倣《なら》うな、というものだった。教えられたとおりにすると叱られるのだった。

「よいか、ゼン、私とお前は違うのだ。見ればわかるだろう。躰が違う、頭も違う、同じではない。たとえ、まったく同じ人間だったとしても、立っている位置が違う。光も風も方角が違う。僅かの差で、先手と後手に分かれる。そのときそのとき、その場その場で、己の利を見よ」

「けっして同じではない。正しさとは、過去にあったものではない。常に新しい筋へ剣を向ける。今の正しさを探すのだ。似ていることを嫌い、慣れ親しんだものを捨てなければ、自分に囚《とら》われる。そうではない新しい自分を常に求めるのだ」

カシュウの言葉は、言われたそのときには、まったく理解できない。なにしろ、剣を握り、向かい合っている最中なのだ。頭に道理が入る余裕などない。ただ、のちのちになって思い出す。いつも、そうだった。言葉だけが、ぽっかりと浮かび上がり、そして、ようやく導かれる。そういう経験を何度重ねたことだろう。

この数年は、そうしてカシュウと立ち合うことも少なかった。カシュウに頼んでも、聞き入れられなかった。だから、時間を見つけては一人で稽古をした。枝を払い、風に舞う木の葉を斬った。山も樹も常に変化している。同じように木の葉は飛ばない。そのときどきで、地面は違い、刀の位置も違う。同じ形は二度とない。無数の筋が存在し、常に新しい選択を迫られる。カシュウが言っていたのは、こういうことだったか、と気づき、それを復習してきた。

この頃になって、自分がどれほどのものか、多少はわかったように感じた。もちろん、自信などではない。信じるものではないからだ。信じても、信じなくても、強さにはまったく影響しない。そうではなく、自分自身を見切ること、僅かであっても、正確に測る、というような意味だ。

サナダはしばらく黙っていた。酔ったのか、あるいは考え込んでいるのか。盃を二度ほど傾けたが、既に酒を味わっているようには見えなかった。イオカは戻ってこない。

部屋の外の音はなにも聞こえない。静かな夜だ。

「そろそろ、お休みになりますか」サナダが静かにきいた。「うっかりしておりました。カシュウ様のこともあり、また山を下りられたこともある。相当にお疲れだったのでは？」

「いえ、大丈夫です」

「イオカは、どうですか？」突然の質問だった。

「どう、とは？」

「ゼン様よりは、二つ三つ上になりましょうか」

「私は自分の歳を知りません」

「いや、私が貴方を見たとき、娘よりは小さい、と思ったことを覚えているのです。だが、五つは違わない」

「そうですか」

「駄目《だめ》ですか？」

「何がですか？」

サナダは突然笑った。笑いながら、うんうんと頷いた。

「いや、これはこちらが悪い。ああ、酒が過ぎたか……、いや、申し訳ない」彼は頭を下げた。

「さて、では……」

立ち上がろうとしたが、腰が重い様子だった。かなり悪そうだ。

「ご馳走になりました」自分も立ち上がった。

部屋を出て、廊下を二人で歩き、途中で別れた。サナダは無言でお辞儀をし、こちらもそれに応えた。

5

部屋に戻ると、明かりが灯《とも》り、中央に布団《ふとん》が敷かれていた。驚いたことに、自分の刀が枕側に置かれていた。どういう意味なのだろう。道場からここへ持ってきたのは、イオカにちがいない。

手に取って確かめた。万が一のときには、やはり刀があった方が安心できる。その安心のために掟《おきて》を破って持ってきたのだろうか。もちろん、そもそもの掟がどのようなものなのか、詳しく知らない。そんなもの、もとよりないのかもしれない。自分を道場へ誘いたくて、イオカが企《たくら》んだことかもしれないではないか。

サナダの話を振り返ってみた。カシュウの若い頃をサナダは知っている。当時からカシュウは並はずれた才能だったとサナダは語った。カシュウはその後、尊い方の指南役として仕官する。天下にスズカ・カシュウの名が知れ渡ったのはこの頃らしい。やがて職を退《しりぞ》き、放浪《ほうろう》の旅の末に、この奥地へ辿《たど》り着《つ》いた。二十年もまえのことだという。

カシュウがここへやってきたのは、かつての同門の士《さむらい》であるサナダがいたからだろうか。そのあたりの話はなかったが、おそらく無関係ではないだろう。カシュウ自身の出身地とはほど遠いからだ。

二十年か……。自分がカシュウのところへ来たのは、おそらく、十数年まえのこと。それ以前のカシュウは、あそこでただ一人だったのだろうか。それも、サナダははっきりとは言わなかった。カシュウのことをあれほど尊敬しているサナダが、山を一度しか訪ねなかったことも不思議である。二度と来るな、とカシュウに命じられたと話したが、どういった経緯だったのだろう。

山へ通じる道は、この里を通っている。別の道もないわけではないが、極端に険《けわ》しく、また人里までの距離が遠くなる。子供を連れてそんな道を歩くとは思えない。したがって、自分があそこへ連れられてきたときには、この里を通ったはずだ。それを、この里の長であるサナダが知らなかったということがありうるだろうか。誰かが見れば、必ず噂になるのではないか。

そこまで考えたものの、考えただけで断定できるものではないし、また、今以上のことがわかったところで、自分にとって良いことがあるとは思えなかった。

人はどこから生じるのかといえば、それは女の腹からだ。自分を産んだ女は、今どこでどうしているのか。いずれにしてもそれは過去のこと。今の自分にはもう影響はない、といっても良いだろう。

ならば、何故考えるのか。

今に迷いがあるから、過去に求めるのか。

わからない。

これから自分はどこへ行くのか。

何を目指せば良いのか。

あの山に一人残ることも、考えなかったわけではない。カシュウの言いつけには背くことになるが、それは生きていたときのカシュウに対してであって、死んでしまった人間には、背く背かないということ自体が成り立たないだろう。

死んでしまえば無だ。カシュウがそう教えてくれたし、自分はそれを信じている。山では死んだ動物を沢山見た。あるものは生きているように見えた。また、朽ちてほとんど元の形を留めないものもあった。生きているものと同じ形であっても、触れば冷たい。それは既に動物ではなく、土や石と同じものだ。

いずれは皆、そうなる。生きた者に宿る魂は、亡骸《なきがら》の中に閉じ込められるのではない。おそらくは、解放され、風とともに立ち去るのだろう。

死ねば躰はなくなる、ということだ。

躰がなければ、眼も耳もない。

眼がないのだからなにも見ず、耳がないのだから聞きもせず。

思うこともなく、感じることもなく、動くこともない。

それが無というもの。

そうなるまえに、この地を歩き、何を見れば良いのか。

自身を映せと言われたが、自身を映して、何を得る？

鏡を磨くのか、それとも自身を磨くのか。

美しいものを求めたいという気持ちはあるけれど、美しいものは、何を見せてくれるのか。ただ、一時の安堵《あんど》、一時の納得、そんな錯覚か。

そんな幻を見るだけではないのか。

面倒だとは思わない。知らないことを知ることは、心が満たされるように感じられる。昨日よりも今日の方が、視界が広がっていることは確かだ。刀を振っただけで、風を切る道筋が、さらに最適なものに近づいているように感じる。

生きることは、小さな選択の繰り返しだが、己の視界が広がれば、もっと揺るぎない道を選べるような気がする。いずれは無となるにしても、死に至るその寸前までは、道は続いているのだ。来た道をもう一度戻れと言われるよりは清々《すがすが》しい。

それでも……、これまでのように自分は成長できるだろうか。子供から大人になり、新しいことを一つ一つ覚えた。これは、カシュウという優れた師に導かれたからこそではないか。今の自分があるのは、ただの幸運ではなかったか。

カシュウは既にいない。また、自分はもう子供ではない。大人ならば、これ以上には成長しないだろう。むしろ年老いて、力はしだいに失われていく。そうやって、少しずつ死んでいくようなもの。

自分の剣の腕も、今以上に上達する余地があるだろうか。改善すべき箇所は数知れずある。だが、そもそもが自分という躰、その才の限界が今だといわれれば、それを否定する道理はない。もし、これ以上のものになれなければ、いったい何のためにこのさき生きるのだろう。惰性でただ、毎日を送るだけなのか。

迷いがこのように頭を巡るのは、おそらく酒のせいだろう。酔いとは、泥濘《ぬかる》んだ地面に足を取られるように考えを横滑りさせるものか。一歩一歩地面を蹴《け》ることでものごとを割り切る。そのようにして普段は考える。酒は、この一歩一歩を微妙に滑らせるようだ。だが、これもまた、そう割り切っているだけのこと、滑る方が本来かもしれない。

明かりを消して床に就いた。

目を閉じる。なかなか寝つけなかった。

犬の遠吠えが聞こえたが、それもやがて止んだ。少し風が出てきたようだ。それらしい音が微かにする。まだ月が出ているだろうか。どの辺りにあるだろう。部屋の方角を思い浮かべた。自分の頭は、西を向いているようだ。

少し眠ったところで、気配で目を覚ました。まず、枕元《まくらもと》の刀を見た。僅かに鞘が光っている。手を伸ばせば届く距離だ。

襖が静かに開く。僅かに光が漏れる。

「誰だ」小声で尋ねた。

応えない。

影がゆっくりと動き、部屋に入った。襖が閉まり、姿はほとんど見えなくなる。このときには、既に躰を起こし、刀を後ろ手に握っていた。

影は近くまで来て、座った。誰なのか、香りでわかった。

「イオカ様、どういうおつもりですか？」

「どうか、お許し下さい。何もいたしません。ここにしばらくおります」

「何のために？」

「どうか、お願いでございます」

「話があるのなら、明日になさるのが良い。どうしても今と言われるのならば起きましょう。明かりをつけます」

「いえ……、どうか、このままで。話をしたいのではありません。申し訳ございません。どうかお休みになって下さい。私は朝まで眠りません。ここで、貴方様をお守りいたします」

「何から守るというのです？」

「どうか……、これ以上お尋ねにならないで下さい」

彼女は武器らしいものを持っているようには見えなかった。あるいは短剣を隠し持っているかもしれない、と考えたが、その兆候は見つからない。囁くような息を殺した口調も、興奮している調子ではない。酔っているとも思えない。さきほどまでの彼女に比べれば、むしろ落ち着いているようにさえ感じられた。ただ、それは、部屋の暗さのせいかもしれない。無理に不自然さを探せば、思い詰めた感じ、あるいは、固く決心した口振りともいえる。

どうしたものか、と考えた。

大声を出して騒ぎ立てるのは得策とは思えない。かといって、彼女を信じ、このまま眠ることなどできるはずもない。また、なにか試そうとしているのではないか。油断はできない。

だが一方では、彼女のことを信じたいという不思議な気持ちも生じていた。何故そう感じるのか、自分でもよくわからなかった。

ただ……、最初に見たときから彼女の眼はいつも素直にこちらを見据えていた。切っ先を向けたあのときにも、濁《にご》りなく、瞬《まばた》くこともなく、こちらを捉えていたのだ。それは、自身の気持ちに背くことのない正直さだろう。したがって、単に真正直すぎることが彼女自身を追い詰めているように思われた。

そう、隙間《すきま》がない。あまりにもきっちりと窮屈にものごとを捉えすぎているのではないか。

刀を抜くあの一瞬にも、固さがあった。その固さがなければ、さらに速く刀を抜くことができるだろう。いかに力を抜くか、そこに要《かなめ》がある。それについては、機会があれば彼女に話しても良い。否、そんなことはおそらく自身で気づいているだろう。気づいていても、理屈でわかっていても、簡単にできるものではないのだ。

「外に出ようと思っていたのです」良いことを考えついたので、すぐに言葉にした。

「え、こんな時刻にですか？」

「誰かに迷惑がかかるわけでもありません」

6

夜風は冷たくなかった。

月明かりは白く薄く流れる雲を透かしていた。

庭の通用口から表の道に出ると、地面は不気味なほど白く、塀《へい》の影をくっきりと映していて、ああ、これは山では見たことのない風景だ、と感じた。何だろう、人がいる里にだけ届く光というものがあるのか。もしあるとしたら、それは仏の光なのか。そんなふうに連想をした。

イオカもついてきた。

これは予想していたことだったが、少なくとも部屋に二人でいるよりは良い状況のように思えた。散歩をするには非常識な時刻かもしれないが、しかしここは山の中ではない。大きな動物に出会ったり、足を滑らせて転落するような危険は少ないはずだ。そもそも、里という場所の夜とはどんな光景なのか一度見てみたかった。たとえば、明かりが沢山見えるのだろうか、といった好奇心だった。それについては、残念ながら時刻が遅すぎたようで、辺りに光るものは見えなかった。寝静まっている時刻というのだろう。

しばらく道を歩く。とても平坦《へいたん》だった。左手に刀を握っていた。何があるかわからない。たとえば、夜行性の動物に出くわすかもしれない。そのための用心だった。

「どちらへ行かれるおつもりですか？」イオカがきいた。彼女は少し遅れて、後ろを歩いている。

「いえ、当てはありません」

「不思議なことをなさいます」

「こんなに明るい夜なのですから、良いではありませんか」

小川が流れているようだ。水が流れる音が聞こえた。粗末《そまつ》な橋へ向かって道は曲がっていく。低いところに小屋が見えた。

「あの小屋は？」イオカに尋ねる。

「水車です」

「すいしゃ？」

「向こうへ行けばわかります」

橋まで来たところで、水車という大きな丸いものが見えた。下の部分が水の中に沈んでいる。

「これは、何をするものですか？」

「今は止まっていますが、水の流れを受けて回ります」

「回って、どうするのですか?」

「水を汲み上げます。上の樋《とい》で水をあけて、それが田へ流れるようになっています」

原理はすぐに理解できた。人や動物が働く必要がないということらしい。素晴らしい工夫だが、これをわざわざ作ることもまた大変なのではないか、とも思う。

「驚きました。誰が考えたものですか? この里には賢い人がいるのですね」

「いいえ、この里だけのものではありません。どこにでもあります。昔からあるものでしょう」

「そうですか。人が沢山いれば、誰かが思いついた工夫で、みんなが得をするのですね」

イオカはくすっと笑った。

「なにか、間違っていますか? 可笑《おか》しいことですか?」

「いいえ、そうではありません」

「恥ずかしいことですが、私は、世間をなにも知らないのです。これから、沢山のことを学びたい」

「恥ずかしいことではありません。失礼しました。笑ったのは、そういう意味ではないのです」

「どういう意味ですか?」

「ええ……、その、なんと言って良いものか」

道から外れ、川沿いの土手を進んだ。人が通るのだろう、草がない地面が細く続いていた。これは、山にある道と同じものだ。川の流れは緩やかだが、わざわざ土手を人が作ったのだから、水嵩《みずかさ》が増すことがあるのだろう。対岸には土手がない。そちらは傾斜した草原。そのさらに向こうに黒い森林が左右にずっと続いて見える。山の方角とは反対だ。隣の村は、あの森林の向こうだろうか。さきほどの道がそちらへ向かっていた。

「明日は、あの道を行くことになります。幸い、天気は良さそうです。隣の村まで、どれくらいですか？」

「あの……、私がご案内いたします」

「迷うような道なのですか？　いえ、大丈夫ですよ。山に比べれば、こんなに見通しの良い場所で迷うことなどありません」

「いいえ、そうではありません。方角を見失うこともない」

「隣村に用事があるのですか？」

「私を導いてほしいのです」

「導く？」

「もう、そうするしかないと、今、心に決めました」

「どういうことですか？」

「貴方様と一緒に、旅をしたい」

「いや、それは困る」首をふった。「それはできません」

「お願いでございます。私は、もうここにはいられません。この里を出る以外に方法がありません」

　さきほどの複雑な状況から逃れたい、ということだろう。フーマに謝ることはできない。父に相談することもできない。彼女にしてみれば手詰まり。それを打開するには、その場を離れ、すべてから逃げるしかない。

「逃げるのですね？」

「え？」イオカの顔が月明かりで青白く見えた。目を潤《うる》ませているのがわかった。「逃げる……」

彼女は噛《か》み締《し》めるように言葉を繰り返した。

「いや、逃げることは、大事な戦術の一つです」

「はい」遅れて頷き、不安そうだった目は、僅かに安心した光に変わった。「そうです。そのとおりです。逃れたいのです。そうする以外に道はないものと考え至りました」

「しかし、それは私とは無関係ではありませんか？　貴女は、いつでも逃げることができる。私が導く必要などない。今までだってできたはずです」

「どうか、お願いでございます」

「そもそも、今日会ったばかりの私に、どうしてそんなに拘《こだわ》るのでしょうか？　理由をお聞かせ下さい」

「それは……」イオカは空を見るように顔を上げた。しかし、目を閉じてしまった。白い顔がますます明るくなった。「勘です。小さいときから、私は勘がよく働きました。勘の良い子だと皆から言われました。何故か、これだと思うもの、自分にとって価値があるものは、最初に一目見たときにわかるのです」

「私は勘は信じません。見間違えるときもあったはずです。ただの思い込みです」

「ゼン様のお姿を最初に見たとき、この人は天下一の剣士になるお方だとわかりました」

「まさか、そんなことは……」可笑しかったので、思わず息が漏れた。「そもそも、どうして天下一などというものがあるのでしょうか？　武を志す者が全員、試合をして雌雄《しゆう》を決するのですか？　そんなことはありません。カシュウは何十年も山に籠《こ》もっていたのです。私も、人と刀を交えるために旅をするわけではない」

「いえ、私にはわかるのです」

「貴女がどうお考えになるかは勝手ですが、ただ、私につき纏《まと》われるのは困る。私にはそのような余裕はありません」

「けっして負担になるようなことはいたしません。むしろ、いろいろな面で私がいる方が便利かと……。ええ、重宝されることと思います」

ずけずけとものを言う人だな、と思った。もちろん、彼女は最初からそうだった。自分に余程自信があるのだろう。自信があるから押しつけてくる。正直といえば、正直。素直といえば、素直。それが許された人生だったのだ。

「申し訳ないが、お断りいたします」頭を下げて、もう一度断った。これ以上の言葉はもうない。

「わかりました」彼女は頷くと口を一文字に結んだ。

良かった。言葉が少し過ぎたのではないかと心配だったが、なんとか納得してくれたようだ。

「では、もう戻りましょうか」

イオカは無言で頷いた。

土手の道を戻る。雲が晴れたのか、ますます明るくなった。草原まで白っぽく輝いて見える。

それにしても平たい土地が珍しい。こんなに広く、なにもない場所は山の中にはない。見通しが良いところといえば峰か崖縁《がけっぷち》であって、見渡せるのははるか遠くの景色ばかり。歩いていける場所がこんなにぐるりと見渡せることの不思議さ。こんな場所では、誰かが近づいてくればすぐにわかる。だから、こういう場所に人が集まっているのだろうか。

カシュウの話では、もっと人が沢山いる街があるという。家と家が隙間なく建てられているそうだ。そこにいるのはお互いに他人、名も知らない人たちらしい。知らない者どうしが、挨拶もせずすれ違うという。どんなふうなのか、この目で見てみたいものだ。

同じ道を真っ直ぐに屋敷へ向かった。門の前に誰かが立っているのがわかった。

振り返ると、後ろを離れて歩いていたイオカも顔を上げ、それに気づいたようだ。彼女は目を見開き立ち止まった。

門のところにいる人物はフーマだ。こちらを向いて立ち、腕組みをしているのか、それとも懐に手を入れている様子だった。

止まる理由はないので、彼女を置いてそのまま歩いた。後ろを振り返ることはもうしなかった。イオカは立ち止まったままか、あるいはさらに離れてついてくるか。

フーマとの距離がどんどん短くなる。十歩ほど残したところで立ち止まった。

「どちらへ行っておられたのか？　こんな時刻に」

震えた声だった。顔は笑っている。歪《ゆが》んでいるようにも見える。

「散歩です。月が明るいので」

「お嬢様と二人で？」フーマの視線が肩越しに彼女の方へ向けられる。

イオカがすぐ横まで来た。さらに前に出ようとしたので、しかたなく、腕を伸ばしてそれを止めた。フーマに殺気を感じたからだ。イオカであっても斬り殺すかもしれないほど、興奮しているのがわかった。

状況は明らかに穏やかではない。

困ったことになった。

「どういうつもりか！」フーマが押し殺した声で叫んだ。

「落ち着いて下さい。なんでもないことです。刀を持ったまま話し合うことではない。のちほどゆっくりと……」

「もはや問答無用」フーマは静かにそう言うと、右手を刀の柄に添えた。

「フーマ様、お話がございます」イオカが言った。「私の話を聞いて下さい」

「話があるのならば聞こう。話せ」

「私は、この家を出る決意をいたしました。明日にもここを発ちます」

「何だと？」

「お約束は果たせません。どうしてもできないのです。どんなお詫びでもいたします。どうか、どうかお許し下さい」

「気が変わったというわけだな」

「違います。もともと、私は……」

「なんという侮辱」フーマはそう言うと、刀をゆっくりと抜いた。そして大きく息を吸う。「詫びるだと？　どのようにして詫びるというのか」

「どうかお許し下さい」イオカが跪《ひざまず》き、両手をつき、顔を地面に近づける。「お願いでございます。お怒りをお収め下さい。悪いのは私です」

「フーマ殿」二歩前に出る。イオカが危険な位置だったからだ。「どうか、イオカ様のお気持ちを察して、ここは気を収めてはもらえませんか？」

「貴様のせいではないか」

「それは違います」イオカが後ろで言った。「ゼン様には縁のないこと」

さらにもう二歩前に出た。

フーマの切っ先から、僅かに一間《いっけん》。イオカとフーマのほぼ中央に立った。

フーマは足で地面を擦る。腰を下げ、刀を地面に向けて構えた。

こちらが刀を抜くのを待っている。最初の振りを下から払い、右へ抜けて胴を斬るつもりか。あるいは、刃を返し、斜め上に振り上げ、腕を狙《ねら》うか。しかし、いずれもこちらが突き進んだ場合のこと。さて、出なければ、どうする？

こちらは刀は抜いていない。柄に右手もかかっていない。左手は鞘の栗形《くりかた》の下、下緒《さげお》を巻きつけて握っている。指は鍔《つば》には届いていない。すぐに抜ける体勢ではなかった。突っ込んでくるならば、まさに今だろう。

だが、フーマはまだ足場を固めようとしていた。受けることを考えているようだ。

「抜け」フーマが言った。声が低くなった。腹に力が入っているにちがいない。

「理由がない」

そうなのだ。こちらには戦う理由がない。ただ、進もうとする道に、刀を抜いた男が立ちはだかっている、この状況の不愉快さしかない。この程度のことで刀が抜けるか。

「どうした？　何故抜かぬ」

「興味がない」

それも正直なところだった。この男を倒したところで、自分にはなんの得もない。なんの愉快もない。むしろ面倒なことになるだけだ。あるいは、イオカは喜ぶかもしれないが、それもまた面倒なこと。

どうすれば、この無駄な危険を避けることができるだろう。逃げるといっても、この家に戻らねばならない。サナダに明朝も会う約束がある。大事な言付けがあると聞いた。このまま立ち去るわけにもいかない。

この場だけ逃れ、朝に皆がいるところへ戻る手もある。サナダがいるところならば、フーマは刀を納めるだろうか。今はただ、頭に血が上っているのだ。酒を飲んでいるかもしれない。一晩考えれば、無駄だと気づくこともあるだろう。

しかし……、自分一人がこの場を逃げても、イオカが残る。フーマはイオカを問い詰めるだろう。万が一のこともある。その場合、自分は責任を問われることになる。サナダに対しても弁解ができない。彼女を置いて逃げた、と責められることは必至。

門からは少しばかり離れていた。家までは距離がある。声は届かないだろうか。門の内側で誰か耳を欹《そばだ》てているかもしれない。その者がサナダを呼びにいけば……。

否、それでも収まらないだろう。今のフーマを止めることはできない。言葉で止められる域を既に超えている。

一歩、右へ寄った。フーマはそれに従って、足の角度をずらす。もはや、こちらに集中している。イオカを見ようともしない。

風が彼の髪を揺らしていた。フーマにとっては向かい風。月もイオカと同じく背後にある。

フーマの顔はよく見えた。向こうから見れば、こちらの顔は暗いはず。

フーマは刀を持ち上げ、真っ直ぐにこちらへ向けた。構えを変えたのは挑発のつもりか。

間合いはまだ遠い。一歩では届かない。どうして、もっと近づかないのか。右利きだが、腕力があるのだろう。やや鍔から離れたところを握っていた。左手が落ち着かない。位置をときどき変える。

そうか、腰にもう一本ある。二刀流か。この間合いは、そちらの刀を抜くためのものか。それとも、もしかして、飛び道具か。

いずれにしても、見えすぎる。月の明るさもあり、フーマの甘さもある。

もう一歩、右へ回った。フーマも同じく動く。

二人にとっては、月が動いたのと同じ。光の角度が変わり、彼の目がよく見えるようになった。少しずれている視線。微動しつつ、こちらの目、右手、左手と周回する。

まだ動かなかった。こちらから出ていくつもりはない。

では、どうする?

門の方で物音がした。しかし、そちらを見るわけにはいかない。フーマも見なかった。イオカが自分の後ろを通り、門の方へ走ったようだ。それに合わせて、二歩、また右に寄ってみる。

フーマは一瞬だけ右に動き、間合いを嫌って、左に戻った。こちらが刀を右へ撥《は》ね上《あ》げながら抜く、と感じているのだ。

彼の額で汗が光った。ときおり、苦しいように短い息を吐く。息を聞かれることは、立ち合いの不利。そんな基本も、もはや気にしていないのか。

イオカが門のところへ行ったようだ。誰かと言葉を交わしている。おそらくは、サナダを呼ぶように、ということだろう。別の足音が、遠くへ走るのが聞こえた。

イオカが門の中に入ってくれれば、自分は逃げることができる。門の鍵《かぎ》を掛け、物騒《ぶっそう》な二人を閉め出せば良いではないか。そのように頼もうか、と考える。

フーマの影を見た。月が作った影だ。

「どうした。助けを待っているのか？」

待っているのは、その影の動き。

「そうかもしれない」

「たとえ何人来ようとも、一度抜いた刀は納まらぬ。正義はこちらにある。不義理は許されるものではない」

「それは勘違いです」

「イオカが打ち明けたではないか」

「私には関係がない」

「黙れ！」

フーマは刀を下に振り、一歩前に出た。当然、こちらは後ろへ下がる。刀を振るときに、左手を一瞬だけ放していた。迷ったのだ。二本めを抜こうかと。

「繰り返し申し上げる。私には戦う理由がない。いくら待っても、私は貴方を斬るために刀は抜かない」

「では、その刀は何のためのものだ？」

「刀は、もとより自らが生きるためのもの」

「では、生きるために抜かれよ」

フーマは一本で斬りつけてきた。大きく一歩出て、さらに突き進んだ。こちらは一歩下がり、身を屈め、左へ逃れる。フーマの握り手では、こちらへは強く振れないからだ。

この間に、鞘を握っていた左手を持ち替え、鍔を親指で押すことができた。刀は抜ける状態になった。

今のは牽制《けんせい》だろう。次は本気で斬り込んでくる。そのときには、抜かねばならない。だが、右手はまだ柄にはかけていない。その余裕はあった。

慌てることはない。相手を観察する時間が増えるほど、そして、その出方の可能性を考えるほど、明らかに有利になる。有利になるほど、相手を殺さないで済む。その道を探る余裕が生まれる。

フーマの刀がこちらを向く。左手はもう一本の刀にかかった。抜いて投げるつもりか。

向きが変わったため、フーマの肩越しに門が見えるようになった。通用門から出てくる影。イオカもそこに立っている。影はサナダだろうか。サナダだったら、この無駄な争いを止めるはず。

否、そうでもないか。イオカがなにか話している。サナダも、この戦いを望んでいるかもしれない。その道理もたしかにある。ままならないものだ。

フーマはじりじりと足を地面で擦っている。重心位置がよくわかった。額に汗が流れ、紅潮した顔は笑っているようにも見えた。口を少し開け、ときどき顎をずらした。目はこちらを見据えているが、僅かに逸れているように見える。あるいは、その目が、彼の武器になることがあっただろう。腕力は強そうだ。二刀を使うにはそれが不可欠。カシュウも若いときには、この型を使ったそうだ。

フーマは動かない。影も動かない。誘うような仕掛けもない。

自分はただ半身で立っているだけ。左手を躰で隠し、右手は自然に下げていた。どちらの足にも重心はない。目の高さは、こちらの方が上。フーマの姿勢が低いためだ。

もしかしたら諦めるのではないか、とまだ期待をしていた。こうして睨み合っているうちに、勝負はある程度わかるものだ。それはどんな動物でも同じ。自分が勝てる相手か、それとも逃げるべきか、生き物はほとんどの場合それを早々に見極める。その判断が狂うのは、感情的な興奮状態にあるとき。あるいは、死ぬ覚悟をしてでも挑むようなときか。

だが、このような瀬戸際の判断を繰り返してきた者は少ないはず。何故なら、こういった場は一方の命を奪う。経験の蓄積はそれで無に帰すからだ。真剣を交える場数を踏み、しかも生き残るためには、圧倒的な強さか、圧倒的な逃げ足の速さのいずれかが必要だろう。

当然、まだ逃げることを考えていた。足には自信があるので、振り切ることは難しくない。山中ほどではないにしても、夜なので隠れることも容易《たやす》い。突然出くわした見知らぬ相手ならば、とうに逃げていただろう。

だが、既にこの半日で因果《いんが》が生じているのだ。自分には本来無関係のはずだが、どこかつながっているような煩わしさ。それは、カシュウとサナダの関係、そこにある。その縁を断ち切ることは得策ではない。ここに踏みとどまっているのはそのためか……。

もう一度門の方を見たが、サナダの姿は確認できなかった。

こちらが視線を逸らしたのを機に、フーマが飛び込んできた。彼が屈伸したときには、自然に右手が柄を握っていた。

刀を引き抜く。

そのまま振り上げ。

躰は右へ飛び、次に相手の刀を避けて、逆へ跳ね飛ぶ。

躰を回転させながら、刀を振り下ろした。

フーマが遅れてこちらを向く。彼の左手が二本めを抜く。

その左肩へ、刃先が当たる。

同時に、一気に前に出る。
刀は相手の肩に食い込み、そのまま押し斬った。
フーマの右の刀が、地面に当たって鳴った。
左の刀は、半分抜いたところ。
躰を当てて、その左を抜かせない。
次に左手で、フーマの右手首を摑んだ。
フーマは息を吐く。
膝が崩れた。
こちらも、合わせて体勢を低く。
フーマの顔がすぐ前に。
目を見開き、あらぬ方向を見ていた。
血が刀を伝ってくる。
鍔から地面に滴《したた》り落《お》ちる。その音が聞こえた。
フーマはまた一度、痙攣《けいれん》しながら息を吸った。
ぶるっと大きく震え、さらに躰が傾く。
「動くな。勝負はあった。動けば傷が深くなる」
「何だとう？」掠《かす》れるような声だった。

「刀を放せ。すぐに手当をすれば大丈夫だ」

フーマの口が動く。なにか言ったようだが聞き取れなかった。

彼の右手は刀を放した。

同時に背の方へゆっくりと倒れ、地面に尻餅《しりもち》をつき、最後には頭を地につけた。彼の左手は刀の柄を摑んだままだったので、その柄頭《つかがしら》を押さえていた。力が抜けたことを見届け、フーマが倒れたあと、それを引き抜いて遠くへ投げた。

肩の血は脈を打って噴き出すように流れ出た。

イオカが駆け寄ってくる。

「運ぶまえに、血を止めた方が良い」サナダが近づいてきて、低い声で言った。

「誰か、お湯を」イオカが門の方へ向かって叫ぶ。

彼女は手拭いをフーマの肩に当て、血を止めようとしている。その場所は止血が難しい。思ったよりも傷は深そうだ。

無言でサナダがすぐ近くまで来た。

「申し訳ありません」頭を下げる。「手加減するような余裕がありませんでした」

「いや、見事な太刀《たち》捌《さば》きでした」サナダはそう言って頷いた。

門から二人、男と女が駆け寄ってくる。桶と布を持っていた。手当の用意を既にしていたようだ。

何がいけなかっただろう、と考えた。

深手を負わさず、相手の勢いを止めることはできただろうか。もう一度、フーマが飛び込んできたときから、一連の動きを頭の中で再現した。刀を押さなければ、もっと軽傷で済んだはず。けれども、押さなければ、フーマの右の刀を受けることになる。後ろへ引けば、二本めの刀が抜かれる。飛び道具として使われたかもしれない。どうしても、飛び込む必要があったのだ。自分の技量では、刀を浮かせる余裕などなかった。体重を預けて、相手の左手を封じる以外に手はなかった。

僅かにでもフーマの右の刀が速ければ、腕を掴み損ねたかもしれない。そこは危ない賭けだった。力は拮抗《きっこう》していたといえるだろう。

自分は怪我をしなかったか、と確かめる。躰を押しつけたとき、フーマの柄頭に当たった脇が僅かに痛かった。その程度で済んだのは幸いだ。

フーマは青白い顔をしていた。月の光のせいであれば良いが。応急の手当が済み、家の者が数名でフーマを運んでいった。サナダがそれについて家の中へ戻った。門の辺りには、いつの間にか、人が集まっている。サナダ家の者だけではなさそうだった。

「どうなさいました?」イオカがきいた。

「いえ、どうもしておりません」

「もう、お戻りになられた方が……。風が出てきました。冷えましょう」

そういえば、風が冷たかった。躰がまだ熱を持っていたせいか、寒いとは感じなかった。頷いて、家の方へ歩く。イオカが横を歩き、ついてきた。大勢の人の前を通り過ぎ、門を潜《くぐ》った。イオカは戸を閉めて、閂《かんぬき》を掛けた。それから、溜息をつく。

「あの……」彼女は言いかける。

「何ですか?」

門と塀の陰で、そこは暗かった。

イオカは深々と頭を下げた。なにか言うつもりだろう、と待っていたが、彼女は頭を上げても黙っていた。

門の外にいる人々の声が途切れ途切れで聞こえてくる。

言葉を待っていた分、眼差しを長く交わすことになった。闇の中でも、彼女の眼は光を宿しているようだった。

玄関の方からサナダが呼んだので、そちらへ向かう。途中で振り返ったが、まだイオカは暗闇の中に立っていた。

彼女は、真剣の勝負を初めて見たのだろうか?

そんなはずはない。サナダの娘なのだ。

しかし、命を懸けた侍の勝負とは、いずれにしても人々の日常ではない。里の者の生活からも、道場で稽古をする者たちの思いからも、遠いものにちがいない。

それで良いのだ。こんなことを日常としていては生きてはいけない。どんなに獰猛《どうもう》な動物であっても、こんな日常を送ってはいない。

玄関の中に入るまえに、今一度門の方を振り返った。

イオカはまだ同じ場所に一人立っている。こちらを見て、またお辞儀をした。どこかへ送り出すような不思議な振舞いだった。

門の上には半月。役目が終わったと承知しているのか、もう沈もうとしていた。

episode 2 : Spirit in metal

Giri primarily meant no more than duty, and I dare say its etymology was derived from the fact, that in our conduct, say to our parents, though love should be the only motive, lacking that, there must be some other authority to enforce filial piety; and they formulated this authority in Giri. Very rightly did they formulate this authority-Giri-since if love does not rush to deeds of virtue, recourse must be had to man's intellect and his reason must be quickened to convince him of the necessity of acting aright.

第2話　スピリッツ・イン・メタル

とはいえ、「義理」は本来、義務以上の何物でもなかった。あえて言葉の由来をいえば、たとえば親に対する私たちの行動は、愛が唯一の動機である。だが、それがない場合は、親孝行を強《し》いるための何らかの権威が必要となる。そこで人々はこの権威を義理としたのである。

これは極めて正しかったといわねばならない。なぜなら、もし愛情が徳の行動に結びつかない場合は、頼りになるものは人の理性である。そしてその理性は、直《ただ》ちに人に正しく行動することを訴えるからである。

1

山道と聞いていたが、緩やかな上り坂で、ときどき人とすれ違った。大きな荷物を背負っている者か、あるいは山か畠から戻る樵《きこり》か百姓だった。道具を持っていれば何者かわかるが、おそらく仕事の現場に置いてくるのだろう、手ぶらの者もいる。しかし、侍には一人も出会わなかった。

高く見晴らしが良くなった場所で、少し休むことにした。自分一人だったらその必要はなかったけれど、イオカが一緒だったからだ。

彼女は旅についてきたわけではない。道案内のために途中まで同行する、ということだった。長旅の準備をしていないのは明らかなので、これは信じるしかない。道中もっと話をするものと予想していたのに、あれは何ですか、というこちらからの問いに短く答えるだけで、人が変わったように静かだった。

道を少しだけ外れたところに、露出した岩があったので、そこに腰掛けて、谷間の風景を眺めた。まだ隣の村が見えるというわけでもなく、またサナダたちの里も既に見えない。畠もなく、川もない。近くには森林、遠くには山が連なっているだけだ。一番遠くの高い峰は青く見える。これは見たことのある輪郭《りんかく》だった。

カシュウと暮らした山でも、ときどきこの峰が見えた。そういう場所があった。滅多に見たことはない。食べるものを探して少し遠くまで歩いたとき、幾度か険しい岩場の上に出たことがあった。そこから見える峰と、たぶん同じものだろう。

あのような遠いところまで人が歩いていけるものだろうか、と考えるだけで不思議な気持ちになる。途中に大きな川があって渡れないかもしれない。否、船というものがある。水の上に浮かんで、人や荷物を運ぶらしい。一度見てみたいものだ。

朝、サナダと話をした。カシュウの言付けというのは、金のことだった。カシュウの蓄《たくわ》えた金《きん》子《す》がサナダに預けられていたのだ。山にいても使い道はない、と考えて、おそらくは同門のサナダに譲ったのではないか。返してもらうつもりがあるのなら、自分にそのことを話したはずだ。返してもらうどころか、金を預けた、あるいは与えたという話さえ、聞いたことがない。

「これは、ゼン様のものです。そう言いつかっております」とサナダは説明した。

そんなことをカシュウが言ったとはどうしても思えない。ただ、山を下りたらまずサナダのところへ行けとは言った。旅をするには金が必要だ。どこかで雇いの仕事を探すことはできるだろうが、食べるもの、着るものなどにいちいち困ることは目に見えている。売れるものといえば刀しかない。刀は、できることならば手放したくなかった。サナダから僅かでも金を借りることができるだろうか、くらいのことは考えていた。そういうわけだから、サナダの方から告げられた話は、驚いたと同時に、非常にありがたいことだった。

着物、履き物、旅に必要な幾つかのものをイオカが用意してくれていた。自分が持っていたものは、刀と水入れの瓢箪だけだったし、着物は長く使っていたものでほころびが目立っていた。新しいものを身に着け、今はまるで自分ではないように感じている。

サナダは、数名を連れて早朝から山へ入った。カシュウを見届けるためだ。フーマは生きている。意識が戻り、話ができる状態だという。サナダが、大丈夫かと尋ねると、ご迷惑をかけて申し訳ありませんでした、と大人しく応えたという。自分は会っていない。顔を見ずに家を出た。その方が良いと思えたからだ。

イオカがついてくるとは思わなかった。たしかに、昨夜彼女はそれを願い出た。しかし自分ははっきりと断ったし、また、フーマとの決着で、イオカが家を出る理由は消えたはずだ。少なくともそう勝手に考えていたのだが。

彼女が見送りするとサナダが言った。迷うような道ではないが、せめてそれくらいはさせてやってくれ、というのが、サナダの言葉だった。せめて、というのは、何に対してせめてなのだろう。少し考えてみたものの、どうにもよくわからない。もちろん断る理由もないので承諾《しょうだく》をした。

岩に腰を下ろしたが、イオカは座らず、少し上まで斜面を上っていった。しばらくして下りてくると、野花を数本手にしていた。ああ、そういえば、昨日もそんな光景を見たな、と思い出す。

「チシャという者と昨日会いました」それを口にした。

「ああ、ええ……。躰の小さい子ですね。でも、歳は私の一つだけ下です」

「道案内をしてくれたのです。会ったらお礼を言っていたと伝えてもらえませんか」

「承知しました」

「何のために花を？」

「何のためにって、花が綺麗だったので」

「髪に飾るのですか？」

「まあ……」イオカはびっくりした顔になり、やや遅れて視線を一度逸らし、遠くを見た。しかし、その目は飛んでいる鳥を追っているように彷徨《さまよ》った。やがて、その架空の鳥は彼女の近くに降り立ったようだ。ようやく視線をこちらへ返す。「帰って、道場にでも飾りましょう」

彼女はやはり帰るつもりなのだ。安心した。

「ほっとされましたね？」イオカは微笑んだ。「貴方様が考えていることが、ようやく少しわかるようになりました。いえ、私は諦めたわけではありません」

「何をですか？」

「ですから、旅のお供をするということをです」

「それは無理だと言いました」

「はい。お邪魔なのはわかっています。ですから、少しあとから、ついていこうと思います。お会いしなければよろしいのでしょう？」

「いや、それは……」

「私は少し離れて、ゼン様が歩いた道を辿ります。これは私の旅です。これならば、ご迷惑にはならないはずです」

「迷惑にはなりませんが、何のためにそんなことをするのですか？」

「それは……、自分の目指す方の、少しでも近くにいたいからです。ゼン様が見たものを私も見ます。同じ体験をしたいのです」

「同じ体験はできません」

「言わなければ良かった」イオカは口に手を当てた。顔は笑っている。

「お父上がお許しにならないでしょう」

「私はもう一人前の大人です。自分のことは自分で判断できます」

それ以上には、もう言うことがなかったので、とりあえずは頷いた。たしかに、彼女の言っていることは間違ってはいない。ただ、感情的なものに支配されていることは明らかだ。外側から見ているだけでもそれがわかるのだから、彼女自身は、もっとそれを承知しているだろう。それでも、頭に血が上っている状態と同じで、感覚が鈍っている、ということはあるにちがいない。

知恵のある人なのだから、いずれ冷静になって考えてくれるはずだ。だから、もう口を出すこともない。歳上の人にこれ以上のことは失礼というものだろう。

「どちらへ行かれるのか、きいてもよろしいですか？」

「それはサナダ様とも話しました。べつに隠すこともありません。隣の村にある寺にまず寄ります。カシュウの知人がそこにいるそうです。ああ、それから、隣村には刀を研ぐ職人がいると聞きました」

「ええ、私もそこへ行ったことがあります」

「お金をいただいたので、刀を研いでもらいます」

「そのあとは？」

「そうですね、そのあとは……、しっかりとは決めていませんが、都の方角を目指します。街道を歩くか、それとも山道を選ぶか、決めていません。どちらかというと、山道の方が自分は好きです」

「道に好き嫌いがあるのですか？」

「慣れているということです。山は険しいので、貴女は無理をしない方が良い、と言いたかったのです」

「ご心配いただいて、嬉しい」

また世話を焼いたような形になった。言わなければ良かった、と後悔する。

やはり、人と話をする、ということ自体が自分には向いていない。剣を交える以上に、言葉を交わすことは勝負事といえる。違いは、命を取られることがないというだけだ。話せば話すほど、傷を負うことになる。掠り傷程度ならば良いが、深い傷を受けることもある。傷はしばらくは癒《い》えない。

カシュウからもよく言われたことだが、自分はあとからあれこれ考えて、悔やんだり惜しんだりしすぎる質《たち》らしい。反省をして、将来に活《い》かそうと自分では考えている。そのつもりではあるけれど、考えても堂々巡りになる場合がほとんどで、有効な結論が出ることは稀《まれ》だ。

ただただ、あのときこうしておけば良かった、ああしておけばどうなっただろう、そうしていれば、こんな事態は避けられたのではないか、と考え、思い悩む。いうなれば、架空の物語を作っているようなものかもしれない。これは、子供のときからの自分の癖だったように思う。

カシュウは、考えるな、とよく言った。考えないではなにもできないではないか、というのが自分の意見だ。だが、それを口に出したことはない。

考えるな、というのは、考えている暇があったら動けという意味で、つまりは、迷うなということなのだろう。

自分は、とにかく迷う。しかし、迷うことが悪いとすれば、それは迷っている時間だけ行動が遅れるからだ。だから、迷うときには速く決断をすれば良い。このように理屈を考えてしまうのもまた、自分の癖だと思う。

休憩のあと、また少し歩いた。これから道が下りになるという場所に、赤い鳥居《とりい》というものがあった。それは初めて見るものだったので、イオカに教えてもらった。彼女とは、そこで別れた。

「どうかお気をつけて」イオカはお辞儀をした。

「どうもお世話になりました」

「また、お目にかかれることを願っております」

挨拶のあと、坂道を下っていく。途中で振り返ると、イオカが手を振った。一度里へ帰り、彼女もまた旅に出るという。今日というわけにはいかないだろう。早くても明日か、それとも数日あとか。いつのことだろうか。チシャに会って、礼を伝えるのを忘れないでほしい、とだけ願った。

2

午後には隣村に入った。予想以上に家が沢山集まった集落だった。家々から煙か湯気が漏れ出ている。昼間から宴《うたげ》の支度《したく》でもしているのだろうか。

建物が密集しているのは、街道が通っているためだ。その道には宿屋が幾つも軒を連ねていた。宿屋というのは、客を泊める商売だが、食事も出すらしい。これが何軒もあるのだからそれだけ旅をする人間が多いということになる。たしかに人の往来が絶えなかった。

宿屋の一つに入り、寺の場所をきくと、今から行けば夜になる、と言われた。かなり山の奥に入ったところらしい。今日のうちに寺を訪ねようと考えていたが、しかたがない、明日にしよう。

その宿屋に泊まることにした。いくらかと尋ねると、思っていたよりも料金は安かった。カシュウが遺《のこ》してくれた金子の価値が初めて実感できた。これならば、しばらくは働く必要もない。それとも、サナダが多めに渡してくれたのだろうか。その可能性もある。

部屋に案内されたが、まだ夕食までには時間があった。茶を持ってきた女に、刀研ぎの場所を尋ねた。

「ああ、ミサヤさんのことかね？」

「名前は知りません。隣の里のサナダ様から聞いたのです」

「うーん、とにかく、刀研ぎといえば、この近くには、その人しかおらんですよ。もっとも、本業は鍛冶屋《かじや》です。高い鍬《くわ》を作るから、誰も買わんのですよ。なんというか、ちょっと変わり者でしてね、ええ」

茶を飲んだあと、さっそく出かけて、ミサヤを訪ねた。

街道から田の広がる方へ下っていくと、ぽつんと一軒だけ集落から離れた位置に建物があった。敷地は広く、中庭を取り囲むようにして、小屋が集まっている。納屋なのか馬屋なのか、あるいは母屋《おもや》なのか区別がつかない。水を引いた溝があり、板が渡されていた。そこからが敷地のようだ。門というものはなく、また塀もなかった。探してみたが、看板らしきものは見当たらない。中庭で子供が二人遊んでいて、こちらの姿を見ると、戸の開いていた小屋の中へ飛び込んでいった。

「侍が来た」という高い声が聞こえた。

しばらく待ったが、誰かが出てくる様子もない。子供たちが入っていった戸口へ行き、中を覗いてみた。

子供二人はまだそこにいる。奥の土間に、手拭いを頭に巻いた男が座っていた。手には木槌《きづち》を持っている。荷車の車輪が壁に立てかけてあった。木の棒のような束《たば》もある。ほかにも沢山のものが雑然と置かれているが、鍛冶屋には見えない。火もなければ鉄もない。刀もなさそうだった。

「ミサヤさんを訪ねてきました」中に入って尋ねる。

「ご用は？」男は座ったまま、ぶっきらぼうな口調だった。

「ミサヤさんですか？」

「ああ」

「刀を研いでもらいたいのです」

ミサヤは立ち上がり、邪魔だという手振りで子供たちを追い払う。二人はこちらをじろりと見たまま、ゆっくりと戸口まで行き、そのあとは走り出ていった。

ミサヤは頭の手拭いを取り、それで手を拭った。髪はほとんど真っ白だ。深い皺《しわ》が額にある。日焼けしているのか、色が黒いのか。目は細く、どこを見ているのかよくわからないほどだった。

「その刀かね?」

「そうです」

「研げるものと、研げないものがある」

「見てもらえますか?」近づいて、刀を差し出した。

ミサヤは大きく息を吸い、頬を膨《ふく》らませて吐いた。そして一度だけ頷くようにしてから刀を受け取った。彼は、それを持って外へ出ていく。戸口まで従った。子供たちの姿は、水路の向こう側にあった。田の方へ走っていく。

ミサヤは刀を抜き、顔を近づけてそれを見る。明るさが必要だったようだ。空へ斜めに向け、顔を寄せて鍔から切っ先をじっと見据える。

庭の対面にある小屋から、女が顔を出した。若そうに見えたが、ミサヤの妻なのか、それとも娘なのか、どちらともいえない。少なくとも、ミサヤはそちらを見向きもしない。身内なのだろう。女はこちらを見て、こくんと頭を下げた。それから、庭に出て、子供たちの方を眺める。もう一度、こちらにお辞儀をしてから、小屋に引っ込んでしまった。

ミサヤはまだ刀を見ていた。

「どうですか、研いでもらえますか？」

「珍しい刀だ」ミサヤは言った。「細いなぁ」

そのあとも、柄や鞘をじろじろと見て、ぶつぶつと呟いた。何を言っているのか、よく聞こえない。口を挟むこともできなかった。しばらく待っていると、ようやく刀を鞘に納め、庭を横切って歩いていく。しかたなく、後についていった。さきほど女が出てきた小屋の右隣の戸をミサヤは開けた。

やはり土間のある仕事場のようだった。こちらは鍛冶屋の道具らしきものが低い台の上に並んでいる。奥に火を使う炉らしきものがあるが、今は筵《むしろ》がかけられている。左に一段高い板の間があり、ミサヤは履き物を脱ぎ、そこに上がった。そちらにも低い台がある。その向こう側へ回り、腰を下ろした。

土間に立って待っていると、戸口に女が現れる。盆に湯呑みを一つのせていた。

「お茶をお持ちしました。どうぞ、そちらへ上がって下さいまし」

近くで見ると、やはり娘という歳頃ではなさそうだった。板の間へ上がり、作業台の前に座った。女も上がってきて、お茶を置いた。

「ありがとう」

「どちらからいらっしゃいました？」女がきいた。

なんと答えたものか、と考えていると、

「余計なことをきくな」とミサヤが一言。

女はお辞儀をして土間に下り、外へ出ていった。

「少し時間がかかる。今夜遅くお届けする。それで良いかね？」ミサヤが言った。

それで良いと答えると、場所をきかれたので、宿屋の名を教えた。

「貴方の名前をまだ聞いていませんな」

「ゼンといいます」

「ゼン？　氏は何と？」

「いや、それは……」

「失礼、言いたくないこともありましょう。ところで、スズカ・カシュウをご存じですか？」

「あ、ええ……」

「この刀は、おそらくはスズカ流の者が扱うもの。ただ、作られたのはずいぶんまえ。かなり古い。したがって、最初からそのために特別に作られたものではないが、たまたまこの細長い刀が気に入られ、それが活きる流儀が考えられた」

「本当ですか？」

「という話を、ずいぶんまえに聞いたのです。たぶん、その当の刀ではないかと思う」

「実は、スズカ・カシュウから譲り受けたものです」

「譲り受けた？」刀を見ていたミサヤが顔を上げて、こちらを睨んだ。「いや……、失礼。あれこれ聞く必要はない。ただ、刀を研ぐ。それが己の仕事」

「あの、料金はおいくらですか？」それはあらかじめきいておくべきだと考えた。

「無料」

「無料？」

「これは、滅多に見られる刀ではない。良い勉強になります。研がせていただけるだけで、ありがたいこと」

「いや、それでは申し訳ない」

「では……」ここで、ミサヤは声を落とす。戸口の方をちらりと窺った。「これを届けたときに、酒を一杯奢《おご》ってはもらえないか」

「あ、ええ、わかりました。では、よろしくお願いします」

立ち上がって、履き物に足を下ろす。

「代わりの刀はいりませんか？」ミサヤが後ろからきいた。

「代わりの刀とは？」

「しばらくの間、刀がない。物騒なのでは？　いい加減なものしかないが、お貸ししますよ」

「いや、その必要はありません」

もう一本短い刀がある。だいいち、刀を抜くような機会があるとは思えない。

「では、お願いします」
「預かり証は？」
「何ですか？」
「刀を預かったという証文ですよ」
「いりません。一度見た顔は忘れませんので」
「そういう事柄ではなく……」ミサヤは言いかけたが、言葉の途中で黙り、口許を少し緩めて頷いた。

外に出ると、隣の戸が閉まるのが見えた。女が入ったところだ。立ち聞きしていたのだろう。

水路の板を渡り、来た道を戻った。

刀がないと躰が軽い。これなら、どんな危険からも逃げられるだろう。刀というのは、いかなる場合にも捨てていくわけにいかない。そういう質《たち》のものだから、やっかいなのだ。戦があるわけでもないのに、人が大勢集まっている町中でさえずっと携帯していることも、どうも歪《いびつ》な習慣に思えてしまう。

大勢がきちんと剣の道を目指し、それを完全に習得すれば、おそらく、皆が戦うことを避けるようになるはず。それをせず、不充分な武士が多いことが問題なのではないか。

あるいは、世の政《まつりごと》を行う者は、武の鍛錬などする暇がないから、人の理《ことわり》に気づいていないのか……。

3

宿の部屋に戻って横になり、開けた窓から見える空を眺めているうちに、少し眠ってしまった。病気でもないのに、こんな時刻に眠るなんてことがあるものだな、と少し驚いた。しかし、気分は悪くない。廊下を歩く足音で目が覚めた。

「失礼します」女の声だった。

返事をすると、宿の者らしい女が顔を出した。さきほど、お茶を持ってきた女よりも若い。

「お客様、お茶をお持ちしましょうか?」

「いや、もう飲んだから」

「いつですか?」

「うーん……。だいぶまえです」

「お腹《なか》がお空きでは?」

「そろそろ晩飯ですか?」

「まだ一時《いっとき》ほどあとですが。今どきは、日が暮れてすっかり暗くなってからですよ」

窓の外はまだ明るい。しかし、日はずいぶん低くなっているようだ。もう昼間の空の色ではなかった。

「お風呂に入りなさったら、いかがです？」

「風呂がもう沸いているのですか？」

「一日中入れるんですよ、ここでは」

「どうして？」

「温泉ですから」

「え？」

「温泉」

「おんせん？　何ですか、それは」

「温泉を知らんのですか？　そりゃまった、どこのお方だか」

女の説明によると、地から湧《わ》き出《で》る湯があって、年がら年中熱い湯が使えるという。それはまた便利なものだ。この近辺には、幾つか湧き湯があって、それを宿屋まで引いているらしい。そういえば、山に冬でも凍らない泉があった。畔《ほとり》には動物が集まっていて、寒い日には湯気が上がっている光景を見たことがある。湧き湯だとカシュウが言っていた。しかし、風呂になるほど熱い湯が出るとは知らなかった。

さっそく入りにいく。

驚いたのは、風呂場が屋外《おくがい》にあること。そして、その破格の大きさだった。十人も入れそうな広さがある。ただで湯が沸くのだから、こんな贅沢《ぜいたく》ができるというわけだ。

既に先客が一人。老年の商人風の男だった。頭に手拭いをのせている。どういった意味があるのだろう。それにしても、同じ風呂の中に他人がいるというのは、想像もしなかったことだ。珍しいことがあるものだ。

「若いお侍さん、どちらから？」声をかけてきた。

「すぐ隣の里からです」

「どちらへ行かれるんです？」

「明日は、ここの山にある寺を訪ねます」

「寺？　ありましたかね。有名な寺ですか？」

「さあ、有名かどうかは知りません」

「私も仏に拝みたいところですが、急ぎの用事で寄る暇もありません。そうそう、昨日のことですけどね、この西の街で、斬合いがありましたよ。初めて見ましたな、ああいうのをね。いやあ、凄《すご》かったですな」

「侍が二人で？」

「いやいや、侍一人に、相手は、いい加減な連中でね、そう、盗人《ぬすっと》でしょうか、三人組の、ちんぴらのような奴らでしたね。刀を振り回してはいましたが、どうせ盗んだ刀でしょう。まるで様になっていない。あっという間に、三人とも斬られました。一人は致命傷でしょうな。あとの二人は泣きわめいておりましたが、これもすぐに気を失ってね……。見物人が沢山いましたのにね、誰も助けない。余程悪いことをしたんでしょうよ。私は通りすがりだったので、事情をよくは知りません。ただね、お侍さんの方は、名のある方らしいですよ」

「何という名前ですか？」

「いや、それがね、きいたんですが、知らないって言うんですよ。いえ、見物していた人なんですけどね」

では、名のある侍だとどうしてわかったのか、と尋ねたかったが、面倒になった。

「しかし、強かったね。あれは、達人にちがいないですな。周りを囲まれて、騒がれても微動だにしない。せいのでかかっていったのに、あっという間に三人ともやられました。もう、何がどうなったのか、その太刀捌きの速いこと。いろいろ話には聞くんですけどね、この目で見たのは初めてでしたよ。いやあ、良い土産話ができたというもんです」

どこへの土産だろうか。そんな話が土産になるものか、と不思議に思う。

「修行をすれば、誰でもあんなに強くなれるもんですかね？」

「さあ、どうでしょうか？」

稽古をすれば強くなる。それは、刀という道具、そして自分の躰という道具、この二つの道具の使い方を覚えること。知らない状態から、知る状態になること。

それが、本当に強くなるという変化だろうか。

強くなったのではなく、使い方を覚えただけだ。その刀と自分の躰がもともと強いものならば、それを知れば確実に強くなれる。だが、両者がもともと弱ければ、弱さを思い知るだけだろう。

鍛《きた》えることはできる。しかし、それは微々たるもの。どちらかというと、欠点を補う方策にすぎない。刀も躰も、ほとんどできたときのまま。鍛えられるものではない。

ただ、稽古によって鍛えられるのは、心の持ち方、すなわち考え方だ。稽古を繰り返して、刀と躰の動かし方を覚えるが、それ以上に、さきのことを考えられるようになる。予測することができれば、それだけ早く対策が打てる。こういった慣れが、つまりは強くなるという意味だろう、と自分は考えている。

おさきに失礼を、と言って、男は風呂から出ていった。

最初は熱いと感じた湯も、ちょうど良くなった。狭い部屋であれば、湯気で蒸《む》せてしまうところだが、外の風が心地良く、いつまでも浸かっていられそうな気がした。

一度に三人がかかってきた場合、どうやって対処すれば良いのか、という想像を幾通りかしてみた。さきほどの話では、侍は動かなかったというが、それはかなり難しい。動かなければ、一本の刀で三方向を同時に相手にすることはできない。順番になるから、後の相手ほど危険になる。自分ならば、とにかく走るだろう。それしかないのではないか。

湯から上がり、部屋へ戻った。

暑かったので、風の当たる窓際に立ち、街道の往来を眺めていた。ちらほらと人が歩いている。話に聞いた強い侍を見たいものだと思ったが、ここへ来るとはかぎらない。どちらへ向かっていたのだろうか。

また、同じ女がやってきた。今度は茶を盆にのせていた。頼んだわけではないが、風呂上がりで喉《のど》が渇いていた。商売とはいえ気の利くことだ。寺へ行く道を尋ねると、よくは知らないと女は言う。

「あっちです、たぶん。行ったことないから」窓とは反対の方角、つまり北である。

それくらいは知っていたことだった。

「天狗《てんぐ》が出る山ですよ」

「天狗?」

「はあ、私は見たことないですがね」

「天狗というのは、実際にいるものですか」

「いやあ、そりゃあ、いるんじゃないですか。見たと言っちょる者がおりますで」

「見間違いということもあるでしょう」

山にはいろいろな動物がいる。それならば自分の方が詳しい。猿《さる》が一番人間に形が近い。大きいものになると、少し離れていれば見間違えるかもしれない。

「天狗様は、悪い者を懲《こ》らしめるんですよ」

「そうなんですか」

「この頃、盗賊団が街道沿いで悪さをちょくちょくしとったんですが、昨日、お侍さんが退治したとです」

「ああ、その話なら聞きました」

「たぶん、天狗様が人間に化けてのことだと、みんな言っちょりますよ」

「天狗は化けるんですか」

「そりゃ、そうですが。当たり前じゃないですか」

「狐《きつね》も化けるといいますね」

「狐は悪戯《いたずら》しかしません。良いことはせんです」

「そうですか」

「お侍さんだって、天狗か狐が化けちょるかもしれませんでしょう？　私には悪さをせんで下さいましな。ちゃんとお世話しますから」

女が笑って出ていったので、お茶を飲み、また横になった。こうなると、もう窓の外には空しか見えない。既に紫色になっている。

もうサナダはカシュウの庵に到着しただろう。詳しいことは聞かなかった。カシュウをどこに埋めるのか。桶に入れて里まで運ぶのだろうか。それとも、庵の近くに埋めるのだろうか。そこがカシュウの墓になるわけだ。

生き物というのは不思議なもので、死んで土に還《かえ》る。骨だけが残るが、まあ、骨だって石のようなものだから、やっぱり土になるわけだ。山で死んだ動物はすぐに骨だけになっていた。人も同じだろう。

躰は、死んだ人間には不要のものなのだ。魂もきっと、風のように散って消えてしまうもの。カシュウがそんなことをよく話してくれた。子供のときから何度も聞いたので、自分もそう考えるようになったのだ。

それだから、カシュウの死んだ抜け殻《がら》を残して山を下りることに、躊躇《ちゅうちょ》はまったくなかった。残してきた、という気持ちさえない。サナダは墓を作るかもしれないが、自分はきっと墓に参ることはしないだろう。そこにカシュウはいない。どこにもいないのだ。もし、いるとしたら、自分が覚えているこの思いの中だけ、あるいは夢で見るだけだ。

天狗も狐も、人の思いが過ぎて現れる夢の類《たぐい》にちがいない。幽霊も妖怪も同じだろう。もし、そういうものがこの世にいるのなら、もっと姿を現しそうなものだ。動物よりも見かけないというのが、道理に合わない。

そもそも、山でカシュウと二人だけで暮らしていたとき、一度もそんな妖しいものを見たことがなかった。いたのは、獣と鳥と魚と虫だけだ。これらは、人がいないところほど多くいる。人間ばかりがいる賑《にぎ》やかな場所は、人間以外の生き物には棲《す》みにくい。だから、天狗がいるとしたら、それは人里を遠く離れた山奥で、もし天狗が賢い者ならば、ずっと人の前には姿を見せないだろう。

天下一を目指す剣士が都に集まるという話を聞いたことがあったが、そのときカシュウは言った。本当に強い一番の剣士は、けっして人前に姿を現さない。だから、いつの世にも、天下一は定まらないのだと。

4

焼き魚と、味噌《みそ》で芋《いも》を煮込んだ汁が出た。塩が辛《から》く感じられたけれど、不味《まず》くはない。さきほどの若い女が部屋へ膳を運んできてくれた。酒はどうかときかれたので、断った。食事のまえにも断ってあったので二度めだ。覚えていなかったのだろうか。

「飲むと正体を現すからでしょうが」女は笑った。冗談のようである。よく笑う女だ。

「もうすぐ客が来る。その人が酒を飲む。奢る約束をしているのです」

「はいはい、承知しました」

刀研ぎのミサヤがやってきたのは、それからまもなくだった。女が部屋まで案内してきた。

「すぐに、お酒をお持ちしますね。お二人分?」

「いや、私はいらない」

ああ、そうそう、というような顔をして女は引っ込んだ。

ミサヤから刀を受け取り、抜いてみた。

「この明るさでは、ちょっとわからない」ミサヤが言った。「明日、太陽に向けてよくご覧になるのがよろしい」

「そうですね」

「いえ、しかし、そんなことは見かけのこと」

「切れるようになりましたか？」

「たぶん」ミサヤは頷いた。「試し切りをされますか？」

「いえ、けっこうです」

「刀研ぎの常套《じょうとう》で、切れ味を見せる芝居がある」

「芝居？」

「ええ、そうやって売り込むわけで、まあ、詐欺《さぎ》のようなもの。刀の切れる切れないは、刀だけの問題ではない。切られる方が実は大事」

「切りやすいもの、切りにくいものがあるということですね？」

「さよう。硬ければ切れず、軟らかくても切れない。また、切られるものがしっかりと動かないときが一番切れる。押されて逃げるものは切れない」

「そう、竹を切ると、それがわかります」

「竹を切られるのですか？」

「山で育ったので、そういう稽古しかできませんでした。切れる竹は、地面にしっかりと立ったもの。そうでないものを切るときには、刀にさらなる速さが必要です」

「なにごとも、一方ではない。動く方と動かない方、送る方と受ける方、両者があって成り立っている。片方だけに囚われると、見誤ることになる」

「なるほど、それは心当たりがあります」

女が現れ、酒の膳をミサヤの前に置いた。自分の前には茶の入った湯呑みが来た。

女は、ミサヤに酒を注ぐと、

「なくなるまえに、また呼んで下さいね」と言って、部屋から出ていった。

「かたじけない」ミサヤが頭を下げ、にっこりと微笑んだ。この男の笑顔を初めて見た。

「いえ、お礼を言うのはこちらです。無料で研いでもらったのですから」

「その刀は良いものです。大事にされるのがよろしい」

「わかりました」

「いずれは、そんな刀が作りたいものです」自分の盃に酒を注ぎながらミサヤは話した。「作ったら、使ってもらえるだろうか?」

「刀は一本で充分です。万が一この刀が折れたら、そして、そのときに、ミサヤさんの近くにいたら、使わせて下さい」

「そう……、人生は巡り合わせ。そのときどきで、なかなかうまい具合に出会えるかどうか。しかし、今日、その刀に出会ったのは、なんとも幸運なこと。滅多にあるものではない。そもそも、刀研ぎといいながら、刀を研ぐような仕事も滅多にない有様《ありさま》で」

「そうなんですか」

「戦もない。侍は刀を持ち歩いているが、使う機会などない。それこそ、試し切りさえしない。切らなければ、刀は善《よ》し悪《あ》しはわからない。だから、悪いものがいつまでも世に蔓延《はびこ》る」

「しかし、そういう世の中の方が良いともいえます。刀なんて使われない方が……」

「うん、まあ、それはたしかにそうです。しかし、腕が鈍る。飾り物を作るために腕を磨いたわけではない」

「それは、武術も同じです。しかし、どうでしょうか。なるべく殺し合いをしない方が良いのは本当でしょう」

「殺し合いをしなければ、その代わりのことをする、それが人間というもの。他《ほか》の方法で、殺すのと同じ目に遭わせる。いっそのこと、ばっさりと斬られた方がましというもの」

「うーん」思わず唸《うな》らされた。

腕組みをして考えた。

ミサヤの理屈はなかなかに鋭い。たしかにそのとおりだと思えてきた。殺し合いは少なくなったが、世間には別の意味で、強い者、弱い者の差があるはず。

「権力というやつです」ミサヤは片目を細くして言った。「金を集め、人を従え、欲張り者がどんどん力を蓄える仕組みになっている。刀をもって挑んでも、とてもかなうものではない。まだ、最初の欲張りは、自分の力でのし上がったわけだから、しかたがないが、その子供は、なんの苦労もなく、能なしのくせに同じ力を授かる。このやり方に比べたら、むしろ、剣の勝負で雌雄を決する方が人の道ではないか。そんな血生臭いことをと言うが、本当に強い者は、弱い者を殺すような真似はしない。それも武のうち。強さとはそういうもの。違いますか？」

「はい、そのとおりだと思います」

「剣を交えれば、弱い方を殺すことになる。しかし、それは、思い上がって、強がっていた者。自分が弱いと知っていれば、むざむざと殺されたりはしない。ちゃんと考えて、相応の行動をするものです」

「侍だけが刀を持っている、というのは、どうも不自然に思います。ほかの大勢の人たちが刀を持っていない。だから、刀を持った侍の言うことを聞かなければならなくなる。そもそも、ここが理不尽なのでは？」

「いやいや、お侍さんはまだ若い。世の中を牛耳《ぎゅうじ》っているのは、今や侍ではなく、商人です。金を持っている者が、結局は強い。そこがおかしい、という話を私はしている」

「そうなんですか。商人というのは、どうやってそんなに強くなったのですか？」

「桁外《けたはず》れの大金ともなれば、人はもちろん、国だって動かせる」

「そんな大金を集められるものですか」

「まあ、狡賢《ずるがしこ》いというのか、もっといえば、見えないところで、人の道を外れた真似をしている。そうでなければ、普通の仕事をして、そんな大金は得られない」

「でしょうね」

「悪いことをしているのは明らかだが、良いか悪いかも、金で左右できる。お上《かみ》に金を貢《みつ》いで、黒いものも白くできる」

「なるほど」

「ようは、金でなんでも買えるようになってしまった。これこそが諸悪の根元。売っているものだけではない。人の心まで買えるようになった。否、人が心を売るようになった、というべきか」

なかなか面白い話だった。ただ者ではない、と感じた。

「ミサヤさんは、どうしてそんなによく世間のことをご存じなのですか？」

「宮仕えをしていたことがある。城のお侍の刀の世話をする役目です。そういう仕事をしていると、侍と商人の裏の関係がいろいろ聞こえてくる」

「そういえば、スズカ・カシュウをご存じのようでしたが」

「一度、お見かけしたことがある。もう二十年もまえのことだが、ちょうど近くに来られた折りに、城の殿様に呼ばれてね……。手合わせは断られたものの、宴を設けられ、もてなしをされた。そのときに、私も末席に加わることができた」

「そこで、カシュウが刀の話を？」

「そう。ききたいことがあれば、と殿様が促《うなが》されたので、カシュウ様の刀は細く見えるがいかがか、と尋ねた。細ければ、それだけ折れやすい。いかにしてそこを補うのかと」

「カシュウはどう答えましたか？」

「人よりも、刀を当てる数が少なければ良いと」

「ああ……、なるほど」

「つまりは、たちまち勝負をつける。刀はただ一撃のためのみで充分ということか、と理解した。しかし……」

「違うのですか？」

「違う。それが今日わかった。刀の出来がまったく違う。細くても、強さに遜色《そんしょく》はない。力がかかったときの反《そ》りでそれがわかる。同じ強さならば、軽い方が優れる。軽くするには、厚みではなく幅を小さくする。折れるときは、たいていは横に折れる」

「しかし、できるだけ刀を当てないのも、やはり折らないことに効果がありましょう」

ミサヤは、盃の上で徳利《とっくり》を傾けた。酒がなくなったようだ。宿の者を呼ぼうと思い、立ち上がった。

「いや、酒はもうけっこう」ミサヤが止める。「もう、研ぎ代はいただいた。では、これにて失礼します」

すっと立ち上がり、ミサヤは一礼して部屋から出ていった。おそらく、剣術の経験があろう。

立ち上がったときの仕草でわかった。あるいは、以前は侍だったのではないか。宮仕えしていたと言った。それを辞めて、刀も捨てたのか。おそらくそうだろう。ただの職人とは思えない物言いだった。

5

翌朝、宿を出て、寺へ向かうために山道を歩いた。宿の者にきいたところ、滝の近くで道が二手に分かれているから、そこを左へ行く、それ以外は道なりだという。握り飯も作ってもらった。寺に長居をしなければ、日帰りも可能らしい。もし時間がかかったときは寺に泊めてもらうしかない。野宿をするには、多少季節が悪いだろう。

林の間を抜け、明るいところへ出たとき、周囲に人がいないことを確かめてから、刀を抜いて眺めてみた。昨夜、部屋の明かりで見たとき既に、輝きの違いがわかったが、日を当てると眩《まぶ》しいほどだった。全然違う刀のように見えた。竹でも切ってみたいものだが、これはまたの機会にしよう。

切れ味が良くなったからといって、刀の目的にはあまり影響はない。人を斬ることは竹を切るのとはまるで違う。どう違うか、と言葉で説明することは難しいが、つまり、人と相対するときには、鋼《はがね》の刀だろうが、木刀だろうが、そんなに変わりはない。そう感じている。僅かな有利と不利があるだけだ。ただし、命が懸かっているのだから、その僅かな有利に誰もが縋《すが》る。その結果として、鋼の刀があり、その刀を研ぐのだろう。

自分の場合もそれは同じこと。刀を研いだことで、百が百一になったにすぎない。だが、相手が百ならば、その一で勝てる。そういうことだ。

そんなことを考えながら、刀を鞘に納めた。

また道を進む。

渓谷の斜面に、細い道がうねうねと通っていた。真っ直ぐの高い樹が並ぶ森の中へ入り、道はさらに上っていく。しばらく歩いているうちに、後方に気配を感じた。僅かだが、人が歩く音が聞こえたように思う。振り返って確かめたが、道が真っ直ぐではないし、両側には樹が林立しているので見通しは悪い。

同じ道を上っている者がいるとすれば、同じ寺へ行くのか、あるいは、途中で分かれるもう一本の道へ進むつもりか。そちらの道がどこへ通じているのかは聞かなかったが、道があるのだから、どこか目的地があるのだろう。

瀧の音が聞こえた。音だけでなかなか見えなかったが、見えたときには、もうすぐ近くだった。

辺りの空気がひんやりと冷たい。高さはさほどなく、家の屋根くらいのところから、幅広く水が流れ落ちている。その上がどうなっているのかは見えなかった。覆い被さるように周囲から樹の枝が伸びているが、葉は既に黄色く色を変えつつある。この辺りは村よりも少し早いようだ。それだけ寒いということだろう。歩き続けていたので、涼しさには気づかなかった。

教えてもらったとおり、分かれ道があった。中央に小さな石碑がある。地面から顔を出している、という程度だ。漢字が書かれているようだが、読めなかった。少なくとも道しるべの類ではない。山の主の名かもしれない。聞いていたとおり、左の道へ進む。

しばらくして、また後方の気配に気づいた。

後ろを歩く人物も、こちらの道を選んだようだ。寺を目指しているということか。歩く速度が自分とほぼ同じだということもわかった。老人や女では、この速度では上れないだろう。荷物を運ぶ者でもない。

あるいは、つけられているのか、と思いつく。もしそうだとすれば、目的は何だろう。

夜道や山道で旅人を襲う盗賊がいると聞いている。あるいは、宿屋を出たときからつけてきたか。金を持っていることを知っていて、それが目当てだろうか。しかし、それならば、もうとっくに襲っていても良い頃ではないか。人里離れて久しい。大声を出しても誰にも届かない場所というのならば、ずいぶん手前からそうである。

道を逸れてどこかへ身を隠し、相手が来るのを待つか。しかし、追い抜いたことに気づかれ、待ち伏せされる方が危ない。後ろにいれば、近道がないかぎり、突然現れることもないだろう。

あまり気にすることもないか……。

こういう余計な想像が、自分の悪い癖だ。

宿の者の話では、寺に住んでいるのは老僧とその弟子の若い僧の二人だけだという。山から下りてくるのは、いつもその若い方で、山で採れた茸《きのこ》などを売りにくるという。老人の方は高僧だというので、名をきいたのだが、宿の者は誰も知らなかった。

後ろを歩いているのは、その若い僧かもしれない。

大きな岩が現れ、道がそこを迂回していた。横から岩に上れるように石段が作られている。上がってみたところ、小さな石の地蔵があった。そこは見晴らしが良く、上ってきた道、それに渓谷の一部も見えた。カシュウの山はどこかと、それらしい方角を確かめたが、よくわからない。

太陽がほとんど真上だったので、休憩することにした。岩の上に座り、握り飯を食べた。瓢箪の水も飲んだ。

そうしているうちに、道を上ってくる者の姿が林の隙間から見えた。そっと頭を下げ、向こうから見えないように注意をする。どうやら、つけられていたわけではないようだ。よく見える場所になっても、上を窺う様子もない。下を向いて歩いている。

髪が長く、女のようだが、刀を差していた。膝は布を巻きつけているし、顔の半分、鼻から下を赤い布で隠していた。普通の格好《かっこう》ではない。やはり盗賊だろうか。しかし、盗賊というのは、盗賊とわかる格好をしているものなのか。それもまた、変な道理ではないか。

岩の下まで来たときには、子供かと思えるほど若いことがわかった。岩のすぐ横に来たところで、声をかける。

「そこの方」

相手は飛び退くほど驚いた。振り返り、辺りを探す。そして、見上げてようやくこちらを認めた。右手を刀の柄に当て、今にも引き抜こうという姿勢だった。

「驚かしてすまなかった。私は、ここで飯を食っていただけだ。この先の寺へ向かっている」

「飯を食っていた？　食い物があるなら、よこせ。でないと酷い目に遭うぞ」声が女のように高いが、どうやら女ではない。やはり、子供だ。

「もう少し早ければ、分けてやれたのだが、残念ながら、もう食べてしまった」

「本当か？」

「本当だ。もう水しかない」

「水なんかいらない」

それはそうだろう。水は途中何度か飲めたはずだ。

「寺へ行くのか？」

「そうだ。お前には関係ない」

「関係はないが、行き先が同じなら一緒に行こう」

「一緒に？」

岩から下りていくと、彼は後ろに下がった。まだ柄に手を当て身構えている。

「刀から手を離しなさい。そうやって人を脅すために刀はあるのではない」

「侍か……。本当に強いのか？　え？　どうなんだ？　馬鹿にするなよ。怪我をするぞ。これでも、人を何人も斬ったことがあるんだ」

「もし本当だとしても、そんなことは言うものではない。行こう。余計なことに力を使うと、腹がまた減るのでは？」

気にせず道を上っていくと、最初は少し遅れてついてきたが、だんだん接近し、ついに並んで歩くようになった。いろいろ質問を受けた。

「その刀は本物か？」

「金は持っているのか？」

「どこから来た？」

「お前、いくつだ？」

適当に受け答えしていると、だいぶあとになって、ついに名前を尋ねてきた。

「名前をきくときには、まず自分が名乗るのが礼儀だ」

「礼儀？　へっ、そんなものは知らねえよ」

「そうか。ではもう口はきかん」

「うーん、いや、知らねえと言ったんだぞ。教えてくれ。礼儀って何だ？」

「人を不愉快にさせないための決まり事だ。礼儀に従っていれば、相手もちゃんと応えてくれる」

「そうか。えっと……、そうか、名前な。俺はよ、ササゴマ」

「ササゴマ？　ササが氏で、ゴマが名か？」

「違う、名がササゴマだ」

「そうか、私はゼンという」

「氏は？」

「あるが、語らないことにしている」

「どうして？」

「私を表しているとは思えないからだ」

「何？　難しいことを言ったな」

「ササゴマは、氏は？」

「ない」

「しかし、刀を差している。侍なのでは？」

「うん、まあ、侍の端くれではあるが、氏は、その、まだないというわけだ」

「では、だいたい私と同じだ」

「そういうことだ。なあ、寺に何をしにいく？」

「人を訪ねる」

「坊主《ぼうず》か？　知り合いなのか？」

「知り合いではないが、会って話がしたい」

「ふうん。そうか……、それは不運だったな」

「どういうことだ？」

「いや、坊主はいないかもしれない」

「なにか、知っているのか？」

「いや、知らん。そんな気がしただけだ。寺には、食べるものがあるか？」

「それはあるだろう。人がいるのだから」

「そうか。なにか食べたいなあ」

「では、頼んでやろう」

「え？」

「頼めば、食べさせてくれるだろう」

「どうして？」

「それが礼儀というものだ。だから、ササゴマも礼儀を見せなくてはいけない」

「どうやって見せればいい？」

「大人しくしていて、言葉遣いに気をつける」

「それは難しいな。駄目なんだ、そういうの」

「気をつけていれば大丈夫だ」

こうして、予期せぬ事態だったが、二人で寺を訪れることになった。午後のまだ日が高いうちに、立派な門が石段の上に見えた。

「でかい門だな」ササゴマが見上げて言った。「でも、都には、ああいうののもっともっと立派なやつがあるぞ。門の中に住めるくらいでかいんだ」

「都に行ったことがあるのか？」

「だいぶまえだけれどね」

「そうか、ずいぶん旅をしているんだなあ」

「まあな。ずっと渡り歩いているっていうか、そういう人生っていうか」

人生を語るには少々早いようにも思ったが、この歳頃にしては珍しい生き方ではないか。

「一人ではないだろう？」

「何が？」

「誰かと一緒に旅をしているのでは？」

「うん」彼は頷いたが、そこで少し悲しそうな顔になった。それを見られていることに気づくと、口を尖らせ空を見上げる。

「いや、話したくなければ、話さなくてもいい」

その言葉が届いたか、届かなかったか、ササゴマは黙って石段を駆け上がっていった。

6

山門の戸は開いていた。奥に急な屋根の建物が見えた。地面には歩くのを導くように石が敷かれている。門を潜り抜けると、右手に庭が広がっていた。大木が疎《まば》らに立っている。地面の落ち葉が片隅《かたすみ》に寄せられているのは、掃除《そうじ》をしたあとだろう。人の姿はない。

庭の方へ進み、建物の正面へ回った。そちらの中央に階段があり、回廊へ上がれるようになっている。正面の壁には大きな戸が並んでいるが、いずれも閉じられていて、中は見えない。格子《こうし》の窓も内側で閉められているようだった。

「おーい」ササゴマが大きな声で叫んだ。

目の前にある建物ではなく、右の奥にある別棟の方で音がして、黒い着物の男が現れた。渡り廊下でこちらへつながっているようだ。一度見えなくなったが、回廊の角からまた現れ、二人が立っていた階段の近くまで来た。そこで膝をつき、座ってからお辞儀をした。坊主頭の僧侶《そうりょ》だ。まだ若い。弟子の方らしい。

「私はゼンといいます」お辞儀をして名乗った。

「俺は……、ササゴマといいますのだ」すぐ横でササゴマが頭をちょんと下げた。

「手前は、この寺の者でオーミと申します。こんな遠いところまでよくおいで下さいました」

「ここにいらっしゃる方に会いにきたのです。私は、スズカ・カシュウとともに暮らしておりました。カシュウをよく知る方だとお聞きしたのですが……」

「カガン様ならば、奥の山へ散策に出かけておられます。まもなく戻られましょう。どうぞお上がり下さいませ。ご案内いたします」

履き物を脱ぎ、板の廊下を歩く。建物の右へ回り込み、そこの木戸を開けて中に入った。不思議な匂いがした。周囲に太い柱があり、中央が板の間で広く開いている。前面には見たこともない豪華な飾り物が並んでいる。幾つかは金色だ。その中央、囲われた枠の中に仏像が立っていた。人間よりは少し小さい。枠も仏像も木でできているようだが、とても艶《つや》やかだった。左右に明かりがあって、その光を反射している。

「うわぁ、凄いな。あのきらきらしてるのは金だろう？　金でできているんだ」ササゴマが高い声で言う。

「金の箔《はく》でございます」オーミが答える。「お茶をお持ちしましょう。こちらで、お待ち下さい。おくつろぎいただいてけっこうです」

オーミが廊下へ出ていったので、とても大きな部屋に二人だけになった。

「こんな高価なもの、盗まれるぞ、鍵を掛けておかないと」ササゴマは仏像に近づき、じろじろと眺めている。

「仏様の前で悪いことをすると、罰《ばち》が当たるという」

「ばちってなんだ?」彼は振り返った。

「さあ、私もよくは知らない」

「なんだ」

「災難が降りかかるという意味らしい」

「災難? 本当か?」

「さあ、私はまだ罰が当たった経験がない。だから、確かなところは知らない」

「悪いことをしないからか?」

「そうかもしれない」

「何故、悪いことをしない?」

「何故と言われても……」少し考えてみた。「必要を感じたことがない。ササゴマは、悪いことをするのか?」

「沢山した」

「何故した?」

「それは、その……、うーん、つまり、悪いことをする方が得だからだ。だいたい、得なものほど、悪いことだと決められているんだよ。それを決めた奴が悪い。そいつが一番悪いことをしてる」

「たとえば、どんな悪いことをした?」

「え？　それは……、まあ、あまり、ここでは言いたくないな」ササゴマはそう言うと、振り返って仏像を見た。

理屈を捏《こ》ねるのは、自分と似ている、と思った。言いたくないと感じていること自体が、悪いことを悪いと認識している証拠だ、と言ってやりたかった。だが、問《と》い質《ただ》してもしかたがないこと。大したことではないだろう。

オーミが盆を持ってきた。茶と饅頭《まんじゅう》がのっていた。ササゴマがさっと手を出して饅頭を取った。茶を急須《きゅうす》から湯呑みに注ぎ、オーミがこちらへ差し出す。

「ありがとうございます」それを受け取った。

それから、オーミはササゴマの前にも茶を置いた。

「あ、あんがと」饅頭を既に呑《の》み込《こ》んでしまったようだ。湯呑みを手に取り、口へ運ぶ。「あっち！」

オーミが寺の説明をしてくれた。もともとは違う宗派の山寺だったが、不便なところにあるため、いつの頃からか無人となっていた。二十年ほどまえにカガン和尚《おしょう》がここに住み着いた。彼はどんな宗派も区別をしない。それが歓迎されて、縁者からの寄付が集まり、傷んでいた建物も少しずつ修繕された。仏像はつい最近来たばかりの新しいものだ、という。

「仏像というのは、仏様ではありません。これは単なる人形です。ただ、拝《おが》む人の心には、これが仏に映るのです」

それは納得のいく理屈だ、と思った。オーミは、中年の僧侶だ。若いと聞いていたが、自分よりは十以上は上だろう。

難しい顔をして、ササゴマがじっとこちらを見つめていた。目を合わせると、彼は盆の上の饅頭を見る。

「欲しければ、どうぞ」

「え、くれるのか？」

「私のものではない。オーミ様にきくべきでは？」

「どうぞどうぞ、召し上がって下さい」オーミが応える。

ササゴマは饅頭を素早く取り、口に入れた。

「ああ……、美味《うま》いなあ、こんなに美味い饅頭は食ったことがない」

「ありがとうございます」オーミが頭を下げる。

外で声がした。

「あ、カガン様がお帰りになられました」オーミが静かに立ち上がる。躰が大きいわりに身のこなしが機敏だった。

オーミが出ていき、外で話をしていた。やがて、汚い布を纏った老人が現れた。山で出会えば、樵《きこり》か炭焼きに見えただろう。ただ、笠《かさ》を取ると、頭には綺麗に毛がない。そこだけが坊主の風貌《ふうぼう》だった。躰は小さく細い。オーミは、戸口で頭を下げたが、中へは入ってこなかった。

「さて、どちらのお方かな」二人の前で腰を下ろし、老人は頭を下げた。「カガンと申します。もう死にかけの坊主でございます。こんな辺鄙《へんぴ》なところまで、よくおいで下さった」

「私はゼンといいます。スズカ・カシュウと山で十年ほど暮らしておりました。それから、こちらは……」

「ササゴマ」彼もお辞儀をした。饅頭を食べたせいか、機嫌が良さそうだった。

「カシュウ殿か、おお、それは懐かしい。元気にしておられるかな？」

「いえ、実は、カシュウは死にました」

カガンの顔が曇る。

「三日まえのことです。それで、私は山を下り、里の長、サナダ様に会いました。彼から、こちらの寺に行くことをすすめられました」

カガンは大きく溜息をついた。眉を顰《ひそ》め、目を瞑り、手を合わせる。しばらく声を出さず口を動かしていた。

「そうですか」目を開けて、カガンは頷いた。「カシュウ殿は、私よりも五つも若い。なのに、どうしてそんなに急いだものか。病《やまい》でしたか？」

「おそらく。急なことでしたが、しかし、本人は覚悟をしていたようです。以前より、自分が死んだらこうしろああしろと言いつけられております」

「さようか。えっと、ゼン殿でよろしかったですか。ああ、では……、スズカ・カシュウの最後のお弟子というわけですな」

「いえ、弟子だったのかどうか、私にはわかりません。そのように言われたこともありませんので」

「しかし、剣術を教わったのでは？」

「はい、それは」

「ならば、そういうことです。うん、そういえば、隠居《いんきょ》の身となるので、もう弟子は取らないと話しておりましたが、あそこまで上り詰めた人間のこと、やはりそれなりに伝えたいもの、遺したいものはあったのでしょう」

「どうして、カシュウは隠居などしたのですか？」

「あまりの名声に、入門者が多すぎる、それも、皆、ただスズカの名前が欲しいだけ、と嘆いておりましたな。名よりも実を取る男でしたので、世の評判を嫌った、というようなことかと。いや、実際のところは、私にはわかりません。人に心を打ち明けるような人間ではなかった。ただ、本当に強かった。それだけはまちがいない。まさに天下無双、私が知るかぎりでは右に出る者はなかった」

「そうですか。そういうことも、私はよくわかりません。私はただカシュウ一人を見て育ちましたので、カシュウしか知りません。私自身を除けば、ほかの者と比較をすることができませんでした」

「ともに十年と言われたか……、おいくつのときからですかな？」

「十年よりも長いはずです。物心がついたときには、カシュウのところにおりました」

「うん、それはまた不思議なこと」

「え、ほんじゃあ、おとうやおかあは？」ササゴマが横からきいた。

「私は、父も母も知らない。どこでいつ生まれたのか、聞いておりません」

「そりゃ、ひでえ」ササゴマが顔をしかめる。

「酷いということはない」カガンが首をふった。「人間、何があるかといえば、これ我一人。ほかは、なにもないのと同じ。余計なものがあるほど、むしろ重くなる」

「重くなる？」ササゴマが首を傾げる。

「身が重くなるように、心も重くなる、ということ」

「重いと、駄目なのか？」

「いいや、そうとばかりは言えん。重ければ、風に飛ばされない。押されても動かない。つまり、安定してはいるかな」

「どっちなんだよぉ……。あれ？　何の話だったたっけ？」

「さて、そんなことよりも、そろそろ日が暮れる。山は日暮れが早い。お二人は、ここに泊まっていかれるのがよろしい」

「ありがとうございます」お辞儀をした。

「飯は？」ササゴマがきいた。

「粗末なものしかないが、ご用意いたしましょう」カガンが応え、立ち上がった。「ちょっと、失礼を」

カガンが出ていくと、ササゴマが両手を広げて口を開ける。無言で喜びを表しているようだ。

「ゼンさん、剣が強いんだな。ちょいと俺に教えてくれよ」

「人に教えるほどではない」

「誰にも習ったことがないんだ」ササゴマは自分の刀を握って言った。「剣が強かったら、もっとなんとかなるのになあ……」

「何がだ？」

「いや……」彼はまた仏像の方をちらりと見た。

「悪いことか？」

「違う。もっと、えっと……、たとえば、逃げたりしなくていいってことさ」

「逃げる？　何から逃げる？」

「それは、いろいろさ。とにかく、俺、弱いからさ、みんなに馬鹿にされるんだ」

「逃げるのが一番だと私は思う。いつも逃げることを考えている。私が教えられるのはそれくらいだ」

「そんなの侍じゃない」

「侍でなくても良い」

けっと声を上げて、ササゴマは横を向いてしまう。横目でこちらを見ていたが、しばらくして、呟いた。

「結局さ、子供だからって馬鹿にしてるんだ」

「よし、では外に出よう」

「え？」

7

庭の端には塀もなく、緩やかな斜面の林が奥へと続いている。そこへ踏み入り、適当な太さの枝を二本拾ってきた。待っていたササゴマにそれを見せる。

「どちらがいい？」

両方を見比べ、ササゴマは一本を選んだ。

「刀は使わないのか？」強がりを言っている。「ほんじゃあ、重いから置いとくな」

本堂の階段に自分の刀を置きにいった。刀が大切なものだということはわかっているようだ。

戻ってくると、ササゴマは枝を両手で構え、真っ直ぐ前へ向けた。こちらは、枝を左手で握って待っていた。

「どうすればいいんだ？」ササゴマがきく。

「思うようにすれば良い。仇《かたき》だと思って打ってきなさい」

「本気でいいのか？　あ、でもよ、そっちが本気出したら駄目だぞ、痛いからな、こんなのでも」

「本気とは何のことだ？」

「は？　本気は本気じゃないか」

「剣を向け合ったら、本気というものはない。嘘でもなんでも良い。どんな手でも良い」

「理屈はいいんだよ」

ササゴマが突っ込んでくる。枝を上から振ったが、右へ避《よ》ける。すぐに横に振り回すだろう、と思っていたが、なにもせず、また構え直していた。

「どうして、打ってこないんだよ」ササゴマがきいた。

「避けることで手一杯だ。そっちこそ、何故、すぐに切り返さなかった？」

「は？　切り返すって？」

「一度振ったら一休みというものではない。それではすぐに隙を突かれる。つぎつぎと休まずに攻撃する方が良いのではないか？」

「わかってるけどよ、そんな無茶をしたら、怪我をするだろう。手加減してるんだよ」

「そうか、優しいな」

実は、ササゴマの相手をしようと思ったのは、無茶な剣術というものを見てみたかったからだ。そういう経験が自分にはない。なにも考えず死に物狂いで刀を振り回してくる者には、充分に気をつけろ、とカシュウが言っていた。道理を外れているが故《ゆえ》に、偶然にも強者を破ることがあるという。いかなる者にも油断をしてはならない。ササゴマのためではない。自分のために立ち合っているのだ。

「どうした？　逃げることを考えているのか？」

「ようし……」ササゴマの目つきが変わった。彼の言う本気というやつだろう。

真っ直ぐに来る。声を上げて左から横に棒を振る。すぐに斜めに撥ね上げる。動きが速い。方向を瞬時に変える。飛び跳ねて戻り、再び突いてくる。

それを避けると、たちまち飛び上がって、上から棒を振る。

なるほど、これは面白い。

まるで猿のようだ。

幾度か振りを躱《かわ》したあと、力の入った一振りが、真正面に来る。後退したが、棒があと二寸長かったら腕に当たっていただろう。咄嗟《とっさ》に、左手で持っていた枝で、それを払った。ササゴマの握り手の付近にそれが当たった。

「痛て！」

ササゴマの棒が地面に落ちた。

「悪い。当たったか？」

「当たらねえ。当たらないけどな、痺《しび》れるよ。痛てて……」

「動きが速いな。筋が良い」

「どうせお世辞だろ？」

「お世辞ではない。ちゃんと修行をすれば強くなる」

「本当に本当に？」

「本当だ。もちろん、本人の心掛け次第だが」

「何だ？　心掛けってのは」

「気持ちが強くなければ、剣の腕は上達しない」

「どうして？」

「たぶん、途中で諦めてしまうことがあるからだろう」

「何だよ、たぶんって」

「私も、そんなに経験があるわけではない。想像だ」

「でも、ゼンさん、強いな。棒が当たっただけで痺れたぜ」

「刀はこれよりも重いし硬い。だから、もっと力が伝わる」

「刀だったら、あんなに振り回せないよ。重いからな……。あとな、今は俺、腹が減ってるんで、力が出ねえんだ。本気になれば、もう少しは凄いぞ」

「刀も振り回せるようになる。それができる重さに作られている」

「大人の場合だろ？」

「ササゴマもすぐに大人になる」

「そうだな。それまで死なないように気をつけよう。そうか、それまでは逃げの一手だな」

「その方が良い」

いつの間にか、本堂の回廊にカガンとオーミが立っていた。今の練習を見ていたようだ。

「さすがにスズカ流」カガンがにこやかな顔で言ったが、すぐに寂《さび》しい表情に変わる。「貴殿を見ていると、カシュウ殿の姿が思い出される。ああ、それにしても、あのスズカ・カシュウが亡くなったとは……。儚《はかな》いものよ」

「お部屋へご案内いたします」オーミが言った。

「どうもすみません。勝手に伺ったのにもかかわらず」階段の下で一礼した。

「人というものは、勝手に生まれ、勝手に死ぬ」カガンが呟いた。「今夜は、話し相手がいて楽しみです。いつも、こいつ一人が相手でしてな、いい加減に厭きもしようというもの」

「私も、ゼン様のお話が楽しみでございます」オーミが微笑んだ。

「俺の話の方が面白いと思うけどな」ササゴマが高い声で言った。「ああ、腹が減ったなあ」

「オーミ、いつもよりも早めにしなさい」

「かしこまりました。お二人をご案内したあと、さっそく支度をいたします」

8

囲炉裏《いろり》の鍋《なべ》で雑炊《ぞうすい》が作られ、それを四人で囲んで食べた。夜になると急に冷え込んだが、それはどこの山でも同じらしい。カシュウと二人でどんな生活をしていたのか、と問われたが、どう答えたものか迷った。

なにしろ、毎日がほとんど変わらない、同じことの繰り返しだったし、その大部分は、食べ物を探す、薪《たきぎ》を集める、火を熾《おこ》し、暖《だん》を確保する、というようなことだ。庵の近くに僅かに畠も作った。沢へ魚を捕りにいくことがたまにあるが、これは季節が限られる。

昼間の多くの時間は、カシュウと同じ場所にはいない。朝夕の食事のときだけ、二人で向き合って食べる。そのときに話を聞いた。カシュウは毎日沢山のことを語った。ただ、聞いているばかりでもない。多くを問い、それに対する答にも、さらに多くを問いかけた。それでも、カシュウは必ず答えてくれた。読み書きを覚え、数少ない書物もすべて読んだ。何度も繰り返して読んだ。

剣術の稽古は朝と夕方の二回だけ。いずれもとても短い。これは、カシュウに見てもらう時間であって、良いか悪いかだけがわかった。それ以外は、自分だけで稽古をして、カシュウに良いと言われるまで自分なりに考えた。

自分にしてみれば、剣術を教わることは、生きていくための手段だというのが、基本にある気持ちだった。何故なら、カシュウはよく、自分はいずれいなくなる、そうなれば、お前はただ一人で生きていかねばならぬ身となる、と話した。一人になったときに頼りになるものが剣術である。

しかし、剣術とは刀の使い方だけではない。刀を持つ者の行動のすべてである、と教えられた。否、行動だけではない。最も重要なことは、考え方である。どう考えるのか、どう判断するのか、何を見て、いかに感じるのかさえも、すべてが剣の道であると。

カシュウから教えられたことが、今の自分の大部分を成していることは確かだ。しかし、それらを自分はまだ上手《うま》く語ることはできない。断片として沢山のものが渾然《こんぜん》としてあり、まったく整理されていない状態といえる。たとえば、いくつかの原則は、互いに矛盾を引き起こす。いずれが正しいのか、わからない。自分自身の問いにさえ、どう答えて良いものかと迷うことがしばしばだ。これらは、未整理の証《あかし》といえる。

「カシュウ殿も立派になられたことよ。貴殿を見れば、それがわかる。また、教える相手がいれば、それだけ教える方が成すものも多い。教えることは、すなわち教えられること。私が知っているカシュウは、まだまだ欠けた部分を持っていた。山に籠もり、それを最後に補われたのだ」

カガンのその言葉が、これまでに自分が思ったこともないカシュウを表現していた。おそらく、それは同時に今のカガンにもいえることなのだろう。カガンもオーミと暮らしている。弟子に教えることは、つまりは自分の成長のため、といえるのか。

なるほど、さきほど、ササゴマの相手をしたときに、たしかに感じるものがあった。学ぶ相手は、自分よりも上の者ばかりではない、ということだ。

自分はカシュウに育てられ、教えられ、あらゆることで世話になった。だが、自分からカシュウへ返せるものはない。そう考えていた。そのことを、カシュウの前で口にしたこともある。どうすれば、この恩が返せるのか、なにか自分にできることはないか、とカシュウに尋ねたのだ。あれはだいぶまえのこと。まだ子供だった。そのときのカシュウの返答を覚えている。

「人と人との関係は、その場その場で必ず釣り合っている。貸し借りというものはない。世話になったと感じていても、世話をした方も満足して世話をしている。勝負でも同じこと。負けたと感じていても、勝った方も必ず同様に悔いている。だから、あとになって返そうなどと考えるものではない」

納得のいかない考え方だった。子は親に借りがある。育ててもらった借りがある。それは大人になるまで返せないのではないか。また、老いた者の面倒を見ることは、そういった借りを返す心がなければできないのではないか。

貸し借りがないのならば、人の義理の大半が消えてしまうように思えた。否、今でも自分はそう考えている。

だが、カガンの言ったことは、カシュウの言葉と似ている。もっと吟味する必要があるが、少なくとも、心に留めておくべきだろう。

　話をしている間、ササゴマは大人しかった。腹がいっぱいになったので満足しているのか。見ると、目を閉じ、眠っているようだ。それを見たカガンやオーミも微笑んだ。

「どこから一緒になられたのですか？」オーミがきいた。ササゴマのことだろう。

「ここへ来る道の途中、大きな岩があります。あそこです」

「ああ、では、ほんの近く」オーミが驚く。「もっと、ずっと親しくされていたのかとお見受けしましたが」

「いえ、素性も知りません」

「こんな歳頃で一人でいるとは、なにか事情があるのでしょう」

　自分の話をしていることに感づいたのか、ササゴマが目を開ける。それから、じっと宙を見つめていたかと思えば、両方の目から涙が溢《あふ》れ、頰を伝った。しばらくして、鼻をすすり、表情を崩した。

「何だい、急に……。夢でも見たのか？」カガンがきいた。

「え？」泣き顔のササゴマがきき返す。「これは夢か？」

「夢かもしれんな」カガンが笑った。「夢といえば夢。現《うつつ》といえば現。どちらかにいれば、どちらでも良いこと」

「何故泣いているのだ？」気になったのできいてみた。

「こんなに飯を沢山食ったことはねえ。こんな暖かいところで寝たこともねえよ」ササゴマはますます顔を歪める。

「嬉しいから泣いているのか？」

「違う」首をぶるぶるとふった。「嬉しくて泣くなんてあるものか」

「では、何が悲しい？」

「これまでが悲しいとわかったんだ」ササゴマは言った。「昨日の俺が可哀相《かわいそう》だ」

「それで泣いているのか？」

「考えたら涙が出た」手で鼻を擦る。「夢じゃないな。しまった、夢だと思ったぜ」

「夢かもしれんぞ」カガンが言い、また声を上げて笑う。

「なんでこんなに親切なんだよ？　俺が一人だったら、追い払っただろう？　ゼンと一緒だったからだろう？」

「私のせいではない」

「いや、ゼンのおかげだ。一緒に来たからだ。いい奴と一緒だと、認めてもらえる。悪い奴と一緒だと、追い払われる」

「それはそうかもしれん。よくぞ、見抜いたな」カガンが言った。「その、昨日までの可哀相なお主は、そんな悪い奴らと一緒だったのかね？」

「ああ……」ササゴマはこくんと頷いた。

「そいつらから、逃げてきたのか？」カガンがさらにきく。「だとしたら、それはお主の良い心が導いたもの」

　ササゴマは顔を歪ませ、声を上げて泣き出した。しばらく待っていると、しゃくり上げながら「あいつらも、可哀相だった」とどうにか言葉を口にする。

「うん。お主は立派な人間だな」

「みんな、死んじまったよ」

「何？　どうして？」カガンが眉を顰《ひそ》める。

「侍に、斬られた」

「斬られるほど悪い奴らなのか？」

　ササゴマは泣きながら、左右に首をふった。

　宿の風呂場で商人が語ったあの話ではないか、と思い、ササゴマに場所はどこか、何人斬られたのか、と問い質すと、西の街であることも、三人だったことも、話が一致していた。

「その盗賊のことならば、私も耳にしました。この頃、あちこちで被害があったらしいです。年寄りが殺されたという話も聞きました」

「違うんだ、それは」ササゴマが身を乗り出す。「俺たちじゃない。俺たちはこっちへは来たばかりだ。畠のものなんかを、誰もいないとき、こっそり頂戴《ちょうだい》することはあるけどもよ、人を殺すなんて、そこまで悪さはしない。知ってるんだ。そいつは侍がやったんだ。俺たちはそれをたまたま見てた。それで、最初は仲間になれと言われた。怖かったからいちおう仲間になったんだけど、裏切られた。みんな殺されちまった。口封じだよ。なにもそこまでしなくてもよ。そうだろ？　可哀相だよ」

「お前はよく逃げてこられたな」

「なにも持ってなかったし、俺は足が一番速い」

「本当のことか？」カガンが尋ねる。

「本当だ。飯を食わせてもらったんだ。嘘は言わねえや」ササゴマは突然立ち上がった。

「どうした？」

「ちょっと出かけてくる」

「どこへ？」

「厠《かわや》だ」

ササゴマが出ていった。三人は顔を見合わせた。

「本当のことだとしたら、すぐに村の者に知らせた方が良いでしょう。今から、私が行ってきます」オーミが言った。

「待て、明日の朝で良い。これから冷える。夜道も危ない」

「大丈夫です、慣れておりますから。一刻も早く知らせなければ、また悪事を働くやも」

「この村の話ではない。そいつが、こちらへ来たかどうかもわからぬ。それに、役人に知らせるにしても、時刻が悪い」

「昨日ではなく、一昨日のことだったかと」商人から聞いた話だ。商人も一日かけてやってきたのだから。「もし、こちらへ来ているならば、昨日には村にいたでしょう。ササゴマを追っているにちがいありません。あるいは、見当違いで、反対の方向へ行ったかもしれない。その場合は、もう追いつきません」

「なんとも不憫《ふびん》なこと」カガンが溜息をついた。

9

動物のような高い声が聞こえた。雉《きじ》でも鳴いたかと思ったが、外は真っ暗のはず。人の叫び声か、それとも悲鳴か。

刀を持って立ち上がっていた。

戸を開けて廊下へ出る。オーミもついてきた。

渡り廊下を過ぎ、回廊を巡った。

今夜も月が出ている。

白い地面の庭に、人影があった。

階段の下に、仰向けに倒れたササゴマが見えた。

「この寺の者か？」庭の人物が低い声で言った。「ただ今、盗人を成敗した」

「何者か？」オーミが尋ねた。

「此奴《こやつ》を追って参った。名乗るほどの者ではない。この寺には何人おられる？」

「どうして人数が知りたいのですか？」裸足《はだし》のまま地面に下りた。

人数を尋ねるのは不審この上ない。

「お主は、侍か？　寺に侍がいるとはな……」相手は僅かに笑ったようだった。「それでは、俺が来るまでもなかったか。お主が此奴を斬ったことにしても良い。そう役人に告げられよ。俺は面倒なことは苦手だ。さきを急ぐので、これにて失礼する」

侍は一礼し、背中を向けた。

「待たれよ」オーミが呼び止める。彼は階段を下り、ササゴマの横で跪《ひざまず》いていた。「子供を殺したうえ、立ち去られるか？」

「聞いていなかったのか？　そやつは盗人だ。盗賊の一味だ。ほかの者は一昨日に成敗した。が、一人取り逃したのだ。責任を感じて追ってきた。それだけのこと」

「何故、人数を尋ねられたのですか？」もう一度同じ質問をする。

立ち去ろうとしていた侍が、再びこちらを向いた。

「何を拘《こだわ》っているのか？」

「人数を知りたい理由をお尋ねしています」

「うん、まあ、それは……」

「悪人を成敗したのであれば、一時でも寺で休まれるが自然」

「道を急いでいるのだ」

「しかし、追ってきた、と言われた。この先に道はない。分かれ道まで戻るよりない」

「わからぬ。因縁《いんねん》をつけるおつもりか？」

「人数が少なければ、皆を斬り捨て、ここを宿にしようと考えた。しかし、侍がいたので、無理をせず、立ち去ることにした。あるいは、寝静まった頃に襲った方が確実だと……」

こちらの話を聞いて、侍は不敵に笑った。だが、口だけだ。明らかに目は笑っていない。

「お主、いろいろと余計なことを考える。そういう質か？」

「ササゴマから話は聞いた」

「何の話を？」

「何故、ササゴマとは誰か、と尋ねない？　ご存じか？」

「知らぬわ。誰のことだ？」

「人それぞれに言い分があります」前に出る。相手と向き合った。「そちらの言い分をお聞きしよう」

「言い分だと？　ふん」侍は息を吐き、素早く刀を抜いた。「面倒なことを……。ああ、無駄だ無駄だ。こんなことに命を落とすのか？　もう後悔もできぬぞ」

真っ直ぐに切っ先がこちらへ向けられた。

こちらも柄に手をかけ、姿勢を整える。

幸い、月が背にあり、相手がよく見えた。整った構えだけで、手強《てごわ》いとわかる。

「若いな。一端《いっぱし》のつもりか。名前は？」

黙っていた。もう話をする必要もない。

相手の剣筋を考えた。刀の長さは普通。それほど腕力があるふうでもない。三人を一度に斬ったというが、相手はササゴマの仲間、半人前の連中だったにちがいない。

なによりも、ササゴマのことを考えないようにした。

心を遮断《しゃだん》し、静かに息を止める。

ただ、相手の足の位置、姿勢、両手の握り、視線、呼吸、それらを見定める。

フーマよりは強い。型は変則で、どう来るのかわからない。

刀を抜き、小さく仕掛けてみた。

すっと上段に振りかぶっただけの受けだった。

落ち着いている。

もう少し間を詰め。

横に構えると、それに応じて斜め下に剣を下げた。

腰は動かない。

このまま突っ込めば、二三度剣が当たっても、躰が離れるときが危険だ。どこから振ってくるだろう。

下から振り上げ一歩前に。

相手も横に振った。

剣は当たらない。

さらに間を詰めた。相手も、こちらを測っている。

「一端だな……。俺は、サクラギ・フシンという。名乗られよ」

名も知らぬ者に討たれるは、不服か？

「名乗るほどの者ではない」

横からなにかが飛んでくる。

サクラギが剣でそれを払った。

そこへ斬り込む。

切っ先が腹を掠《かす》る。

戻る刀が来るまえに、相手の腕へ向けて下から撥ね上げ。

手応えがあり、後方へ跳ぶ。

相手の刀が寸前を通ったが、斜めに落ちる。

再び、突いて出る。

脇に刀が食い込んだ。

柄を放し、相手の右手を摑む。

まだ、力が残っていた。

躰を預けて、押し倒す。

濁った呻《うめ》き声。

サクラギの血が、目の前に広がる。

湯気が上がり。

目を見開いたままの顔が止まり。

相手の刀が地面に。

力を込めたまま、しばらく待った。

サクラギは既に息をしていない。

奴の左腕を見た。手首から先がなかった。

血が流れ出ていたが、脈動はなく、すぐに弱まった。

注意して躰を起こし、ゆっくりと立ち上がる。

地面に不自然に倒れた姿。

サクラギと名乗ったのが最期の息だったか。

刀を鞘に納めた。まさか腕を切り落とすほどとは、自分でも考えなかった。そうか、これがミ

サヤの技なのか、と今さらながら思い至る。

大きく息をつくと、やがて、自分が戦った理由を思い出した。ササゴマが斬られたのだ。そうだ、忘れていた。相手の剣に立ち向かっているときは、それほど大切なことでも忘れてしまうようだ。

振り返ると、回廊の上にカガンの姿があった。また、もう一度自分の周りの地面を見ると、黒と白の小さな玉が並んだ綺麗な輪が落ちていた。そちらへ行き、拾い上げる。玉に穴を開け糸で結んであるようだが、刀でよく糸が切れなかったものだ。

それを持って、カガンのところへ戻る。

「私のものだよ。返しておくれ」カガンが言った。

「これは、何ですか?」彼に手渡してきいた。

「知らないのかね、数珠《じゅず》という」

「何に使うものですか?」

「まあ、そう問われてみれば、たしかに意味のないものかな」

ササゴマは虫の息だった。薄目を開けていたが、意識はなさそうだ。応急の手当をしてから部屋の中に運び入れた。

夜中にササゴマは息を吹き返し、呻いていた。近くへ行ったときには、

「罰が当たった」と話した。

「大丈夫だから気をしっかりと持て」と耳許《みみもと》で励《はげ》ますと、

「饅頭をくれ」と言う。

これならば大丈夫だろうと思った。

しかし、ササゴマは朝にはもう冷たくなっていた。口を開けたままで、そこに饅頭を入れてやりたかったが、叶わなかった。

「大変じゃな。二人のためにオーミは墓穴を掘り、私は経を読まねばならん。憂鬱《ゆううつ》な一日になるな。坊主になって長いが、実は、経を読むのが大嫌いでな」カガンはぶつぶつと零《こぼ》した。

「申し訳ありません」頭を下げる。

「ん？　どうして謝る？」

「サクラギは私が斬りました」

「うん。そう……。たしかに、余計なことではあった。しかし、私も数珠を投げて加勢した。お主に負けてもらってはこちらが困る。次はオーミ、あるいは自分に刃が向けられよう、とそこまで余計な心配をしたのだよ。人間というのは、浅はかなもの。こうして余計なことばかり考え、しなくても良い殺生《せっしょう》をする」

「ササゴマには可哀相なことをしました」

「いやいや、此奴も不満はないだろう。一生を全《まっと》うしたのだ。多少の長い短いはあれ、生きたことには変わりない」

「そういうものでしょうか」

「わからんなあ。どういうものかの。しかし、そのときどきで、都合の良いように思う以外にあるまい」

また握り飯をもらい、寺を出た。

村へ戻っても、侍のことは話さないように、とカガンから指示された。

「余所者《よそもの》の若造一人が話しても、素直には信じてはもらえない。なにも知らん顔をして行かれよ。面倒なことは避けるのが良いというもの」

別れ際に、カガンが「そうそう……」と思い出して語ったところによれば、カシュウが以前に身を寄せた村がこの近くにあるという。二日ほどで行ける距離らしい。

そこを訪ねれば、あるいは自分の素性がわかるかもしれない。これは、カガンの方から言い出したことで、こちらから尋ねたわけでもなかった。

「知りたいのでは？　自分のことが」カガンが指を一本立ててきいた。

「いえ、特に、強くそう願っているわけではありません」正直に答える。「ただ、もちろん、もしなにかわかるのならば、是非にとは思いますが」

「なにかそれなりの理由があって、カシュウのところへ預けられたものとお見受けする。うん、最期までカシュウが語らなかったというのが解《げ》せんのだが……」カガンは溜息をつく。「まあ、しかし、人は土から産まれるものではない。お主にも父や母がおる。歳からいっても、まだ若かろう。捜せば見つかるにちがいない。うん、会えば、得られるものもあり、また失うものもあるが、それもまた鍛錬のうちというもの」

「そうですか。はい、たとえ見つけても、なにがどうなるものでもない、と私は思いますが」

「なにを悟ったようなことを言うか。会ってみれば、ころりと変わるやもしれん」

「そういうものですか」

「そういうものよ」

　その会話のあと、無言の一礼でカガンと別れた。オーミは忙しかったのか、姿を見せなかった。

　カガンとは、また会うことになるかもしれない、という予感がした。はっきりと見極めることのできない、ぼんやりとした人物だったが、同じく茫漠《ぼうばく》とした予感を強く誘う人にはちがいなかった。

episode 3 : Source of naught

...our flower, which carries no dagger or poison under its beauty, which is ever ready to depart life at the call of nature, whose colors are never gorgeous, and whose light fragrance never palls. Beauty of color and of form is limited in its showing; it is a fixed quality of existence, whereas fragrance is volatile, ethereal as the breathing of life.

第3話

ソース・オブ・ノウツ

私たちの愛する桜花は、その美しい装いの陰に、トゲや毒を隠し持ってはいない。自然のなすがままいつでもその生命を捨てる覚悟がある。その色はけっして派手さを誇らず、その淡い匂いは人を飽きさせない。草花の色彩や形は外観だけのもので固定的な性質である。だが、あたりに漂う芳香には揮発《きはつ》性があり、あたかも生命の息吹のように、はかなく天に昇る。

1

寺を早朝に発ったおかげで、昼過ぎには街道に出た。一昨日泊まった宿屋の前を通り、そのまま街道を歩くことにする。隣の街までは半日だという。休まずに歩けば、夕刻には到着することができるだろう。

山道を下ってくる間は、ササゴマのことが思い出され、無念を感じていた。だが、それはカシュウが死んだときとは少し違っていた。何が違うのか、それを考えてみた。

自分よりも歳が下だったから、あるいは歳が近かったから、ということだけでもない。そう、カシュウの場合は長い間に覚悟ができていたといえる。いつかカシュウはいなくなると教えられたし、そのような想像を自分でもした。もちろん、こんなに早くそれが訪れるとは考えなかったが、それでも、思ってみないことではなかったのだ。そこが、突然死んでしまったササゴマとの違いだろう。

ササゴマはこのさきもずっと生きているものだと勝手に理解していた。そうだ。人というのはずっと生きている、今日いれば、明日もいる、と何故か勝手に思い込んでしまうところがある。

ササゴマが斬られたあとでさえ、きっと死ぬようなことはない、と何故か思った。つまりは、願望が、正しい観察による冷静な判断の邪魔をする、ということだろうか。

しかし一方では、ササゴマは自分との関わりはまだ少なかった。知り合ってただの半日だったのだ。彼がどんな人間だったのか、ほとんど知らないといっても良い。

唯一の例外は、一度だけ手合わせをしたことだった。真剣ではなかったものの、お互いにその場の敵として向き合った。そういった場では、普段けっして表れないものが見えてくる。

たとえば、あのサクラギでもそれはいえる。

素晴らしい剣術だった。それがなくなったことは実に惜しい。あれだけのものを築いた人間が何故、あのような悪事を働くのだろうか。剣の道とは、人を正しい方向へ導くものではなかったのか。必ずしもそうではないとすれば、自分が理解していたものとは異なっている。明らかに矛盾している。心が強くなれば、あのようなことにはならないはずだ、と信じていたのに。

サクラギにしてみれば、盗賊を斬り殺すことは社会のための正義だったのだろう。それに刃を向けたのだから、彼にとっては自分も悪だった。そう考えることができる。

僅かの違いだ。

あの場でもし自分が斬られていたら、サクラギは正義を成したことになる。カガンやオーミも斬られたかもしれない。そうなれば、誰が彼の正義に反論できるだろう。

あのとき、自分が刀を抜いたときには、これはカガンとオーミの命も背負ったことになる、とたしかに考えた。これは守らなければならない正義だと確信した。あれは間違いだっただろうか。勝手な想像にすぎなかっただろうか。

サクラギは、僧侶たちを皆殺しにするとは言わなかった。彼はただ、人数を尋ねただけだ。はっきりと脅したわけではない。こちらが問い質さなければ、サクラギはあの場を立ち去っていた。もう一度、寺を襲いに戻ってくる、だからその危険を避けるために今決着をつけるべきだ、と考えたのも自分の想像、すなわち自分の責任。

勝手に考えて、人を斬ったのか。

歩きながら、そんなことを考えた。

考えても、同じことを繰り返すばかりだった。

どうすれば良かった、という答は見つからない。また、たとえ見つかったとしても、取り返しがつくものでもない。それはわかっている。ならば、考えない方が良いのか。しかし、考えないと、もっと不安になる。そう思えるのだった。

山が少し遠ざかり、川は大きくなった。平たい土地に田畑が広がり、集落が方々に見える。道を行く人、川辺で仕事をする人を、頻繁《ひんぱん》に見かけた。たとえ人の姿がなくても、人が作ったものがあり、あるいは、遠くで立ち上がる煙が見えた。人間の営みがそこかしこにある。山ではそんなものは珍しい。世界の大部分は自然だと思っていたが、人の数が増えれば、そうでもないということか。

日が暮れたが、真っ暗になるまえに、宿のある街に到着し、一番端にあった最初の宿屋に入った。建物は古く、少し傾いているように見えた。

小柄な腰の曲がった男が出てきて、にこりともせずに部屋へ案内してくれた。金をさきに払ってくれとそこで言われた。そういうやり方らしい。ただ、要求された金額がとても少なかった。また別の料金が必要なのかと尋ねると、これですべてを含めた額だという。

すぐに同じ男が食事を運んできた。汁の中に不思議な長いものが入っていた。何なのかききたかったが、そのまえに行ってしまった。恐る恐る食べてみると、まったく悪くない。気持ちが悪い分、美味くて驚かされた。

今度は、歳を取った女が布団を敷きにきた。口もきかなかった。風呂があるのかどうか尋ねようと思っていたが、面倒なのでこちらも黙っていた。

冷たくて固い布団だったが、早めに眠ることにした。今日は何事もなかった。刀を抜くようなこともなかった、と思う。こういう普通の日々を重ねたいものだ。

翌朝は鶏《にわとり》の鳴き声で目が覚めた。宿屋のすぐ近くに鶏がいるようだ。もしここで飼っているなら、卵が食べられるだろうか。以前に一度だけ食べたことがあって、この上なく美味かったことを覚えている。

しかし、期待は外れ、朝食は粥《かゆ》だった。塩辛い野菜が少しだけ添えられていた。漬物は山でもよく作ったが、これはそれとは違う。ただ塩辛いだけだった。それでも、粥と混ぜると不味くはない。むしろ良く合う。食事を出してくれたのは、昨日の老婆だった。握り飯を頼んだら、無言で頷いた。

食事のあと、土間の掃除をしている宿主を見つけ、まもなくに発つと告げた。ああそうですか、とだけ応える。部屋で支度をしていると、老婆が握り飯を持ってきた。

「どうもありがとう」礼を言う。

すると、じっとこちらをしばらく睨んだ。

「ああ、お勘定ですか？」と尋ねる。握り飯代は昨日の金額には含まれていないはず。当然、別なのだろう。

「お代はもういただいた」老婆は言った。

「ああ……、そうでしたか」

「あんた、お侍かね？」

「はい、そうです」

「侍には見えないね」

「どうしてですか？」

またじろじろと顔を見る。刀を見たり、着物を見たりもする。

「まあ、侍にもいろいろあるわな」呟くようにそう言い残して、老婆は出ていった。

何だろう、と少し考えてみた。風貌のことだろうか。それほど小汚い格好をしているわけではない。山を下りたときはいざ知らず、サナダの家で用意してもらった新しいものを着ているのだ。髪はやや長いかもしれないが、これはよくある様と思える。笠を被《かぶ》ればわからない。後ろで縛れば済むことだ。貫禄《かんろく》がない、ということを言いたかったのだろうか。それも、言われるほど極端ではないだろう。まあ、気にしてもしかたがないことか。

土間へ出ていくと、戸の横に老人と老婆、二人揃《そろ》って座っていた。改めて見ると、顔が似ている。今頃気づいた。

「お二人は、ご兄妹《きょうだい》ですか?」尋ねてみた。

「いや、夫婦だ」老人の方が答える。「発たれるのかね?」

「はい、お世話になりました」

「お気をつけて」二人揃って頭を下げる。

そのまま外へ出た。

不思議な宿だったな、と思った。まえの宿に比べると極端に安い。こちらの街の方が大きいから、宿も多いはず。それで安くしなければ客が取れない、ということかもしれない。

そのあと街道を進むと、もっと立派で大きな宿屋が沢山あった。あそこがたまたま貧相で、それゆえ安かったのかもしれない。しかし、またこの街に来る機会があっても、同じ宿にしよう。そう思って振り返った。宿の名前も見ていなかったことを思い出したからだ。しかし、既に看板が見える距離ではなかった。そんなものが出ていたかどうかも記憶にない。昨夜は暗かったし、明かりのある戸口に入り、泊まれますか、ときいただけだ。宿だと確かめたわけでもなかった。

街道は賑やかで、人の往来が今までで一番多かった。ただ、街を少し外れると、もう田舎道《いなかみち》に逆戻り。道幅も狭くなり、人の姿もどんどん減った。田をしばらく見て歩いたが、やがて上り坂が多くなり、森の中へ入った。

山を越える途中で街道を逸れ、谷沿いに下りていくと目指す村がある、道しるべがあるから迷わないはずだ、とカガンが教えてくれたが、もし近くで人に会ったら、道を確認した方が良いだろう、と考えながら歩くうちに、遠くに集落が見えてきた。たぶん、あそこだろう。ただ、谷を越える必要があり、道は迂回しているようだった。

昼になったので、村の風景を見ながら、握り飯を食べた。

こうして離れたところから眺めると、自然の大きな起伏の中にあって、人間はへばりつくように狭い場所に集まっていることがわかる。巣を作っているわけだ。動物の多くは、縄張りというものがあり、お互いに距離を置いて生きている。つまり、人はその集落で一つの群れということになるが、蟻《あり》や蜂《はち》などの虫を除けば、これほど多くの数が同じ群れを成すものはあまりないのではないか。猿でもこれほどの数ではない。たぶん、多くなれば統制がとれなくなるためだろう。人間は虫のように忠実な生き物なのだろうか、と考えてしまう。

おそらく、それは言葉があるためではないか、という気がする。見ず知らずの者と話が通じることは、争いを避ける意味でも、またお互いの利を調整し、協力し合う意味でも、不可欠だろう。それにしても、会ったこともない人間が、同じ言葉を話すというのは、不思議なことではないか。

とはいえ、人間の場合、動物の群れとは大きく違っている。たとえば、戦をするときの兵のように一群となって動いているわけではない。同じ集落に暮らしていても、歩調を合わせて常に行動を共にしているのでもない。起きるのも、食事をするのも、働くのも個人の勝手だ。それなのに、集落を作る。なにかあったときに個人では対処ができない、頼る者が必要だということか。

このことは、自分の躰だけに頼るのではなく、武器を作り、それを携帯することとも似ているように思えた。いざというときに、頼りにするものが必要で、そうして、生来のものを補っているのだ。

補っているといえば、老いること、死ぬことによる不足分を、若い力、そして産まれてくる生命で補っている。これも、個人を超えた集落の仕組みといえる。まるで、樹が枝葉を伸ばすように、子を産み、育《はぐく》み、仲間を増やしていく。そうすることで勢力が強まると信じている。

個々の人間が生きられる時間を超えた成長の仕組みだ。よくもそんな遠大なものに期待できるものだ。実に不思議なことだと思う。

自分には親がいないし、もちろん子もいない。この前後の連なりがないために、人間として持っているはずの感情が欠けているのではないか、とも想像する。

こんなことに思い至ったのも、目上のカシュウと、目下のササゴマを失ったからだろうか。

そもそも自分はこの世にただ一人である、という認識がずっと気持ちの支えだったのだが、これに対する疑問が、深いところで泡の如く生じたように感じられた。

道は細くなり、山の奥へ続く。谷は、まだ深かったがしだいに狭くなり、幾度か細かく分かれていく。

向こう側に道が見えてきた。沢の岩場で渡れそうな場所があったので、そこへ下りた。水に濡れることもなく、反対側に渡ることができた。水が多いときには、おそらくさらに迂回が必要なのだろう。

その道をしばらく行くと、橋が架かっていた。丸太を二本渡した、人が一人やっと通れるほどのものだった。その後の道は下りになる。

荷車が通った轍《わだち》が現れ、集落が近づいてきた。斜面を切り開き田にしているところもあった。どうやって水を引いているのだろう。同じ高さの樹が並んでいるのも珍しかった。人が植えたものだろうか。

さらに近づくと、石垣が目立つようになる。黒っぽい珍しい石だった。人の姿は、道の脇の畠で仕事をしている二人が、最初だった。こちらに気づき、曲げていた腰を戻す。直立するのが辛そうに、背中に手を当てた。日焼けした顔は若くはない。

「あの、お尋ねしたいのですが」頭を下げて近づいた。「私は、スズカ・カシュウの一門の者です。この村に、カシュウに所縁《ゆかり》のある人がいると聞いて訪ねてきたのですが」

二人はこちらを見たまま、小さく頷く。しかし、言葉は返ってこない。手前にいるのは男、遠い方は女だった。二人とも笠を被り、女の方は手拭いを顔の半分に巻いていた。男は口を開けていたが、もぐもぐとそれを動かすばかりで、声をなかなか発しない。しばらく待つと、ようやくなにか言ったようだが、呻き声のようで聞き取れなかった。

「え、何ですか？」

今度は黙って腕を上げ、道の先を指さした。そちらへ行け、ということのようだ。

「あちらへ行けばわかりますか？」

男は幾度か頷いた。

「どうもありがとう」

道をさらに進んだものの、もちろんどこへ行けば良いのかさっぱりわからない。石垣がやや高く、ほかよりは立派な屋根が近づいてきた。庭が見える。井戸があるようで、そこに襷《たすき》をした女がいた。

「すみません」中に声をかける。

驚いた顔でこちらを振り返った。まだ若そうだ。

「ちょっとお尋ねしたいのですが」そう言って頭を下げる。

安心したのか、女が門のところまで出てきた。手には手拭いを持っていて、それで両手を拭う。首を少し傾げ、仰ぎ見るようにこちらを窺った。

「どちらからいらっしゃった？」落ち着いた声だった。

名前を名乗り、カシュウのことを話す。しかし、女はきょとんとした顔で、心当たりはなさそうだった。

「ちょっとお待ち下さい。きいて参ります」そう言って頭を下げると、奥の建物の方へ駆けていった。

使用人とは思えない。言葉遣いが丁寧だった。家も立派なので、それなりの家柄の娘なのではないか。

門で待つのも失礼かと考え、中に入り、玄関の近くまで進んだ。中の土間には藁《わら》が大量に運び込まれていて、歩く場所だけが残っている有様だった。

奥の板の間に恰幅《かっぷく》の良い男が現れる。老人というにはやや若いが、それでも頭は禿《は》げ上《あ》がっていた。女も出てきて、履き物を履いて戸口まで来る。

「どうぞ中へ」

女に導かれて中に入った。藁を踏まないようにすると、進む道は限られている。板の間の男は、膝をついて頭を下げた。

「申し訳ありません、道を尋ねただけです」こちらも頭を下げる。

男は名乗った。この村の長をしているという。もう一度、カシュウの名前を挙げ、事情を話し、どこへ行けば良いかと尋ねた。

「その名に聞き覚えはありませんが、西のフミノサカに、キグサという者がいます。そこで尋ねられれば、あるいはわかるかもしれません。その者が、村では一番の物知りなのです」

「キグサさんですね。わかりました。フミノサカというのは、どちらですか？」

「娘に案内させましょう」

門を出て、分かれ道があるところまで、その娘と一緒に歩いた。

「キグサさんは、おいくつくらいの人ですか？」

「さあ、どうでしょう。でも、あの人よりも年寄りは、村にはいません」

2

娘と別れたあとは一本道だった。道の両側とも斜面で、上も下も畠が段々に続く。小さな森が近づき、そこを過ぎると下り坂になった。その森の中には社《やしろ》が見えた。

坂を下っていくと、娘から聞いたとおり、小さな建物が見えた。屋根の上に石が沢山のっている。入口の両側は石垣で、どうやら建物の下半分が石垣のようだった。中はとても暗い。しかし、人の気配はあった。なにかが燃える匂いがしていたからだ。

「キグサさんを訪ねてきました」と戸口で声をかける。

しばらくごそごそと音だけがしたあと、奥から小さい老人が出てきた。

腰が曲がっていたので、最初は白髪だけで顔が見えなかった。こちらを見上げたときに、老婆であることがわかる。皺の寄った顔は白く、とても小さい。

「キグサさんですか」

「ああ」頷くこともなく表情も変わらない。ただ、喉から声が漏れ出たような感じだった。

「私はゼンといいます。スズカ・カシュウをご存じでしょうか？　この村にいたことがあると聞いたので訪ねてきました」

「知らんな」

「スズカ・カシュウです。もうずっとまえ、二十年くらいまえではないかと思います。私が生まれるまえのことです」

「そんな名は聞いたことがない」

「そうですか」思わず溜息が漏れた。「どなたか、この村に知っていそうな人はいませんか？」

「名前では人はわからん。その者は、侍か？」

「はい。武芸者です」

「うーん、そんなふうには見えんかったがな」

「え？　誰がですか？」

「半年ほどかの……、ここにおったわ。医者だと聞いたが」

「あ、はい、薬を作ります。病を診ることもあります」

「名は、ナツさんじゃ、そうそう、ナツさん」

「その人だと思います。カシュウの力は、夏という文字を書きます」

「ふうん、で、お前さんは何者じゃ？」

「カシュウの一門の者です」

「一門の者が、何故そんなことをわざわざ調べにくる？　本人に尋ねれば良かろうが」

「カシュウは亡くなりました。ですから、所縁《ゆかり》の人を訪ねているのです」

「うん、そうか……」キグサは頷いた。「わかった。こちらへ入りんさい」

「失礼します」

狭いうえに大いに散らかっている。窓もないため暗い。床のあるところはどうやらなく、すべて土間。道具、袋、薪など、沢山のものが雑然と置かれ、また、方々に布や草木らしきものが掛けられていて、見通しも悪い。いったいどこで寝ているのか、と考えてしまった。

奥に石が組まれた井戸のようなものがあり、その中で火が燃えていた。その上には鍋が置かれている。さらに上を見ると、煙を出す穴が屋根に開いていたが、雨の日にはどうするのだろう、と不思議に思う。

梯子《はしご》があって、梁《はり》に上がれる。そこに僅かに板が敷かれているのが見えた。おそらくあそこで寝ているのだろう。腰の曲がった老人には、上り下りが大変な苦労ではないかと思えた。

火の近くに茣蓙《ござ》が敷かれていて、そこに座れと言われた。キグサは柄杓《ひしゃく》で鍋の中のものを掬《すく》い、湯呑みに入れた。その湯呑みを手渡されたので口に近づけたが、茶ではなかった。ただの湯でもない。なにか混ざっているが、わからない。

「何ですか、これは」

「いろいろ入っとる。悪いものは混ざっとらんから大丈夫」

少し口に入れる。味はほとんどしないが、僅かな苦みと甘みが感じられた。美味《うま》くはないが、不味《まず》くもない。

キグサは薪の上に腰掛けた。自分は汁は飲まないようだ。

「ナツさんの息子かね？」

「違います。私は……」

「しかし、顔が似ておる」

「え、そうですか？」そんなふうに思ったことはなかったので、少し驚いた。

「まあ、侍はみんな同じ顔じゃでな」キグサはそう言うと、喉をくっくっと鳴らした。咳《せ》き込《こ》んだのか、それとも笑ったのか、どちらだろう。「で、何を知りたい？」

「あの、カシュウがここに来たのは何故なのでしょうか。もともと、なにかこの村とつながりがあったのですか？」

「ただ通りかかった。それだけだな。なにもありゃせん」

「通りかかるといっても、ここは街道沿いではありません。ここへ来たとしたら、この村を目指したわけです。なにか目的があったのではありませんか？」

「ああ、それはな、そうそう、山の菜を採るためじゃろう。珍しいものが、この近くの山で採れるとか、うん、そんなような話をしておったわ」

「それは、食べるために？」

「いや、薬」

「ああ、病に効く？」

「効くかどうかは知らん。わしもいろいろ薬をこさえるが、ナツさんとはやり方が違う。うん、結局、わしは、ほれ、こうして長生きした。ナツさんの方が若かったが死んでしまったわけだから、つまりは、わしの薬のやり方の方が優れとった、ということかな」

「薬を自分でも飲まれるのですか？」

「もちろん。全部自分で試してみなくてはの、効き目はわからんわ」

「すると、薬を作るということで、ここにカシュウが来たわけですね？　キグサさんのところにいたのですか？」

「ここにおったわ」

「半年も」

「そう、半年くらいになるかな」

「毎日、薬を作っていたのですか？」

「わしはわしの薬を作り、ナツさんはナツさんの方法で作っとったわ。あまり話はせんかった。ただ、ナツさんがいる間は、山へ行くのにも、荷物を運んでくれるんで、うん、助かった。あの人は躰が丈夫だったわ。見かけによらずな」

「半年して、出ていったのは、どうしてですか？」

「さあな。なんか、次の当てがあったのか。ここで採れるものでは駄目だと諦めたか」

「そもそも、どんな薬を作ろうとしていたのでしょう？」

「薬というものは、つまりは生きることを助けるもの。ようするに、長く生きるため、それに尽きるわな」

「怪我を治すような薬ではなく、飲み薬ですね？」

「そうそう。それはわしも同じだわ」

「カシュウは、もちろん一人でしたよね？」

「おお」キグサは頷く。

「この村で、誰かと親しくなりませんでしたか？」

「どうかな、あまり、人と話をすることもなかったかな。わしとでさえ、ほとんど口をきかん」

「そうですか。剣術を教えるというようなことは？」

「刀はいつも、そこらへんの壁に立てかけてあった。腰に差しているのを見たのは、最初に来たときと、出ていったときくらいだわ。教えるほどの腕前だったのかね？」

「そうです。達人でした」

「ふうん。それは知らんかったわ」

「あの、今日はここに泊めていただくわけにいきませんか？」

「は？　お前をか？」

「はい」

「どうして？」

「カシュウは、どこで寝たのですか？」小屋の中を見回した。

「そっちの端っこだったな。藁の上で」

キグサは指をさした。壁際に今も藁が積み上げてあった。そちらを見たあと、またこちらを向き、じろじろと顔を見る。

「お前さんは侍ではないか。なにも、こんなむさ苦しいところで寝なくともよかろう」

「いえ、お願いします。カシュウと同じところで寝ますから」

「べつに、ええよ」キグサは口を窄《すぼ》め、顎を上げた。

「ありがとうございます。代わりに、なにかできる仕事があればお手伝いします」

「ああ、ではな、薪《まき》を割ってもらおうか」

「わかりました」

3

小屋のすぐ横で薪を割った。

キグサの斧《おの》を使ったが、これが相当に草臥《くたび》れた古いものだったので、気持ち良くは働かなかった。しかし、刃が鈍くても薪は割れるものだ。生きた樹を倒すことに比べればはるかに容易《たやす》い。死んだ樹は薪になることを望んでいるのではないか、と思えるほど自ら割れる性質を持っている。

山でもいつも薪を集めた。割るほど太い樹は滅多には使わない。山の中で暮らしていれば、薪は手頃な大きさのもの、手で折れる太さのものを拾い集めることができる。しかし、里や村になるとそうはいかない。人の数も増える。そうなると、生きている大木を切り倒し、細かくしてわざわざ薪を作るのだ。

人間のために倒される樹は哀《あわ》れなもの。山もしだいに裸になる。ほかの動物はこんな真似はしない。人間ほど勝手な生き物はいないだろう。立派な建物を見れば、どこからこの樹を切り出したのか、と考えてしまう。大樹は人間よりも長く生きてきたのに、小さな生意気な生き物のために倒される。まだ、形あるものに使われるならば良い方で、多くは煙になるだけだ。

人というものは、何故こんなにまで楽をすることに執着するのだろう。寒ければ暖を取り、暑ければ涼を求める。少しでも美味いものを、少しでも沢山食べようとする。なにごとにかけても貪欲《どんよく》極まりない。そのために、周りの樹々や生き物が犠牲になるのだ。

自然ばかりでもない。人間の中であっても、やはり強い者が弱い者から搾《しぼ》り取《と》る。そこまで贅沢をしなくても良いのに、普通に考えれば明らかな無駄をわざわざするのだ。神や仏も、いずれも立派な建物の中にいて、金銀で飾られているという。何故、そこまで貪欲になれるのだろう。

あるいは、食べることと、金を集めることばかりでもない。たとえば、剣の道であっても同じ。強くなりたい、という気持ちは誰にでもある。弱いよりは強い方が安心だからだ。しかし、ひとたび強くなれば、強さを誇示し、敵を作り、兵を集め、大きな戦を仕掛ける。そうまでして強さを確かめたいのか。それとも、強くなった以上は、その強さを使わなくては意味がない、と考えるのか。これもまた貪欲といわざるをえない。

愛情についても、おそらくは貪欲だろう。人を自分のものにしたいと考える。動物のように潔《いさぎよ》くはない。そういう話をカシュウから聞いている。

薬というものは、自然にはなかった。人が作ったものだ。動物は病気や怪我をすれば死ぬ。生きるとしても自分で治す。薬を求めるようなことはない。これもまた、執着。貪欲さの表れか。

さらに、普通に生きるだけでは満足できず、長寿の薬というものが、都では売られているそうだ。カシュウに言わせれば、その大半は偽物だという。効きもしないものを買わされているらしい。ここまでいくと、哀れとしかいいようがない。

薬だけのことでもない。神仏への信心が病を治す、長寿をもたらすという話もあるそうだ。そのように吹聴《ふいちょう》し、金を集める祈禱師《きとうし》、坊主が大勢いるという。

命というのは、人がそれぞれただ一つしか持っていない。二つあれば効くのか効かぬのか一度は試してみることができる。一つでは、そういうわけにはいかない。たとえ病が治った場合でも、それが薬のせいなのか、それとも信心のおかげか、あるいは、ただ躰が自然に癒《い》えたものか、区別はつかないだろう。

剣の道に比べると、それは限りなく虚の道と思われる。すなわち、実から遠ざかる道だ。生きたいと願うあまりに、逆に生きる道を外れていくようにさえ見える。

どうしても理解ができないので、カシュウに尋ねたことがあった。

「何故、そんなまやかしに騙《だま》される者が多いのですか？」

「それは、人間の弱さのためだ」

「弱さ？　では、強ければ、あるいは強くなりたいと願えば、そうならないのですか？」

「私も、まだ強さというものがはっきりとはわからない。しかし、おそらくは、このように強さを求めること、強さとは何かと問い続けること、そういう日々のうちに、強さというものが火のようにぽっと現れる。だが、少しでも風が吹けばまた消えてしまう。いつも焚《た》きつけて、世話をしていないと、燻《くすぶ》っているだけ、そのうち消えてしまう。そして、その火がなければ、結局は灰のように弱いものしか、そこには存在しない。強さというものは、形がない。触れることもできない。ないのに等しい。これはつまり、ものではないからだ。しかし、人は形になるものを求める。そこが、また弱さとなる」

「大火の如く、放っておいても炎を上げ、燃え続ける火はないのですね？」

「どんな大火もすぐに燃え尽きる。大きい炎を上げるものほどむしろ命は短い。強さというのは、そういうものだ。長続きはしない。人間の命以上に短いものだ。常に精進をしていなければ、強くあり続けることはできない。それがわかっているからこそ、人はもとより諦めてしまう。そのかわり、簡単に手に入りそうなものへと走る。信心の類《たぐい》は、そういった結果だ。けっして責められるものではない。弱さが招く哀れといえる。騙されていることも、薄々知っている。知ってはいても、それに縋るしかない」

　剣を志す者には無縁だ、とそのときは感じた。腹立たしくさえ思えたほどだ。しかし、今ではもう少し違うように感じる。そちらが自然な人間、人情というものだろう。比べれば、強さを求めることの方が不自然な高望み。またこれも、ある意味で無駄な貪欲ではないのか。

　日が暮れる頃には割る薪がなくなったので、小屋の壁に整理して積んでおいた。良い香りがした。

「飯にするで」キグサが戸口から顔を出した。子供のような表情だった。

　中に入り、さきほどと同じ場所に腰掛けて粥のような汁のようなものを食べた。どちらかというと飲んだという方が近いかもしれない。どうも、味はよくわからない。最初に飲んだものにも近い。見れば鍋は同じだ。ただ、細かいものが加わっていて、ときどき歯ごたえがあった。何が入っているか、きかないことにした。腹に入ってしまったものを今さら理解してもしかたがない。


「えっと、名前は何だっけな」

「ゼンです」

「ゼン、ゼン、ゼン。この頃は、ちっとも覚わらん。忘れるというよりはな、そもそも覚えない。もうたぶん、満杯なのではないかな」

「昔のことならば、よく覚えているのでは?」

「そうそう、そのとおり、よく知っておるな」

「カシュウがよく言いました。早く入ったものは奥の方にあるから、失われにくいと」

「うーん、そういう仕組みか……。すると、外側から腐りかけておるのか?」

「キグサさんは、今はどうやって暮らしているのですか? 薬を作って、それを売るのですか?」

「まあ、そんなことかな。欲しいという奴も少しはおる。だから、米と交換することもあるし、薬はいらんでも、年寄りを哀れんで恵んでくれる者もおるわ。ありがたいことだわな」

「ご家族は?」

「おらん。わしはずっと一人だわ」

「そうですか」

「どうも、その、同じ屋根の下に、他人がおるというのが、落ち着かん」

「今も落ち着きませんか?」

「いや、お前さんは、その、大丈夫だ」

「カシュウも、大丈夫だったのですね?」

「そうそう。珍しいわな。やはり、その一門ということかな」

「どういうことですか?」

「殺気があるわな」

「殺気? 私にですか?」

「うん。ナツさんにもあった。だから、安心できる」

「よくわかりません。殺気というのは、人を殺そうとしている気持ちのことですよね?」

「まあ、極端にいえばそうなるわな」

「殺気がある人間の方が、近くにいたら不安なのでは?」

「そう」キグサは頷いた。眉間《みけん》に皺を寄せる。しかし、それが微笑んでいる顔のようだ。「その不安がええ」

「不安がいい、とは?」

「不安な方が生きとる心地がする。こいつは、もしかしてわしを殺すかもしれん、とそう思うほどに、そいつのことをよく見るし、そいつの話もよく聞く。それでこそ人が理解できる。そういう殺気がない奴では駄目だ。いてもいなくても同じ。それでは意味がない。人として価値がない」

「しかし、殺気が本当だったら、殺されてしまうかもしれません」

「おお、殺されても良いではないか。たとえば、お前さんが、今夜、わしを殺すとしよう。それは、お前さんにとって、殺すだけの価値をわしが持っていたということだわな。違うか？　価値もないものを無理に殺しはせん。無駄な力を使うし、あとで無駄な疑いもかけられる。そんな己の損を承知で、あるいは危険と引き換えにしても殺すのだろ？　それだけの価値があるということではないか。であれば、殺されるわしの命も、人様の価値となるというわけだ」

「うーん」道理はわかるが、正しいとは感じられなかった。「まあ理屈ではありますが」

「納得のいかん顔をしておる」

「殺す方からしてみると、その人間の価値が認められるのなら、何故その価値を抹殺してしまうのでしょうか？」

「お前さんのその理屈はな……」キグサは指を一本立て、それをこちらへ向けた。「生きていることに価値があり、死ねば価値が消えてなくなる、という考えに囚われておるわな」

それは、そのとおりだと思った。そうではないというのか。

「では、人の価値は、その人間の生死に関わりませんか？」

「生死とは無関係だ」

「そうでしょうか。それは違うように思います」

「何故だ？」

「人の価値とは、その人が何を成すかということ。であれば、死んだ人間はもはやなにも成しません。生きていてこそ、行動し、考え、人に影響を与えることができます」

「そう思うか？」

「違いますか？」

「違うな」キグサは笑顔のまま、ゆっくりと首をふった。「死んだ人間でも、その志を受け継いだ者がそれを成し遂げる。その人間の価値とは、その人間を知っている者が覚えているかぎり、ずっと残るもの。ナツさんは死んだそうだが、わしにとっては、ナツさんの価値はずっと同じ。遠くにいても、この世にいなくても、同じだわ。なんの変わりもない。そもそも、死んだことを知らなければ、価値があって、死んだと知らされただけで、価値が失われるのか？　お前さんはどうだ？　師を失った瞬間、師の価値は消え失せたか？　もう信じるものはなくなった、と感じたのか？」

「いいえ……。なるほど、わかりました」言いくるめられた気分だったが、理屈は筋が通っているように思えた。

「であればだ、いつ死んでも同じこと。殺すというのなら、殺されればええ。命が惜しいという理屈はないわ」

「しかし、殺気のある人間の方が良いというのは……」

「殺気のある奴は、それだけ他者に敏感だ。よくよく人を見ている。心の目を充分に開いて、見ようとしているのだ。だからこそ、殺気が目から滲み出る」

「そういうものですか」

「目を見れば、だいたいはわかる」

「私は、自分に殺気があるとは思ってもみませんでした。カシュウにも殺気を感じたことはありません。たとえば、私は剣を交えることは良い状況だとは感じません。それは避けるべきことです。できるだけ戦わない方が良い。常に自分にそう言い聞かせているのです」

「それは、己の殺気を知っているからだわな」

「知っている？」

「殺気があるから、それを押さえつけようと知恵が働く。殺気を剥《む》き出《だ》しのままにしておくのは得策ではないからな。それもまた、剣の道というわけだ。剣の達人ともなれば、皆そういう型を作る。静けさを見せ、穏やかさを感じさせる型だ。だが、そうすることで、滲み出る殺気はなお際立つ。うん、わしにはそれが心地がええ、と言うておる。逆にだな、殺気のない人間ほど、己を強く見せようと振る舞う。言葉や態度が横柄《おうへい》になり、人を脅すような素振りを見せる。だがその中身は、弱々しい怖《お》じ気《け》づいた小僧というわけだ。こういう連中は、喧嘩《けんか》をするにも群れを成す。強い者に従って、我を忘れようとする。さあ、どうだい？　呑み込めたかい？」

「はい……」頷いた。

理解したという以前に、この老婆の理屈の組み立てに驚いていた。剣の達人でもなければ高僧でもない、汚い小屋に一人で暮らしている老婆だ。それがどのようにしてこんな理屈を構築したのか。ただ考えれば浮かぶものだろうか。

もしかして、カシュウから教わったものではないか。たしかに、カシュウが言いそうな筋道ではあった。だが、もちろん同じことを聞いた覚えはない。二人が会ったのは、自分が生まれるまえのことだから、その当時にカシュウが考えていたことだろうか。それをキグサに話し、キグサはその理屈をずっと覚えていたのか。それでも、彼女の話しぶりや受け答えの確かさは、けっして他者からの受け売りというふうには感じられなかった。

「お前さんは素直だわな。良い育ち方をした、というよりも、それが持って生まれたもの、天性かもしれん。殺気というのは、言葉もしゃべれぬ小さな子供のうちからある。瞳を覗けばわかる。それもまた天性。覚えたり、育てたりできるものではない。覚え、育てるのは、その天性の殺気を隠す術の方だ。これは、ほれ、刀の使い方でも同じではないか」

「同じというのは、その、どういったふうに、同じなのでしょうか？」

「わからんか？」キグサは笑った。「まあ、まだわからんかもしれんわな」

「教えて下さい」

「うん。ま、話して聞かせても、それでわかる、身につく、というものでもないが、言葉だけでも覚えておれば、いつかは思い出すかもしれん。あの汚いばばあが言っておったことではないか、とな。はは……、良いか、刀の振り方は天性のもの。生まれながらにして、速い者、上手い者、勘の良い者がおる。では、剣術とは何か？　鍛錬とは何か？　何を覚え、どうして強くなる？　それを考えてみれば、自《おの》ずとわかってくるぞ。そう、つまりはな、いかに刀を隠すか、という技。それを求める道ではないか？」

「いかに刀を隠すか？」

「そういうことだわ」

「どういうことですか？　勝負のときには、鞘から刀を抜き、お互いに切っ先を向け合います。刀を隠すということも策としてはありますが、しかし、それが剣の道だというのは……」

「そこがわからんか。おお、まあ、それはまだお前さんが、その程度ということ。それがわからずに勝負を挑むようでは、身が保《も》たんわな」

「わかりません」

「知らぬは不利。だが、知らぬ者は、知らぬことを知らん。不利な者は、不利に気づかん」

4

外で物音がした。か細い声が聞こえる。

キグサもそれに気づいたようで、「よっこらしょ」と言って立ち上がった。舌を打ち、「また、あいつか」と呟く。

戸を叩く音。

「はいはい、今開けるで、待っとれや」

キグサが戸口へ歩き、突《つ》っ支《か》い棒を外してから、引き開けた。

「キグサ、あ、あの、すまんの、あ、あの、あれを出してくれ。頼む。おお、冷えるな、今夜は」

男の弱々しい声だった。顔は見えないが、息が震えているのがわかる。外がそんなに寒いのだろうか。それにしては、風の音も聞こえない。

「もうなくなったのか？　そんなに飲むものではないわ。加減をしろと言うただろうが」

「あ、あれは、なかなかそうも、いかん。頼む。米を持ってきた」

「米はもういらん。持って帰りな」

「そんな殺生《せっしょう》な」

「薬は出してやる。いいか、本当に、これは飲みすぎると命を縮めるぞ。わかったか？」

「わかったわかった。ありがたい。お、恩に着るで」

「顔に血の気が出とるぞ」

「は？　な、何のことだ？」

キグサが奥へ戻ってきた。戸口から男が中に入ってくる。懐から短刀を抜いた。

「待て」立ち上がって声をかける。

男はびっくりして立ち止まり、こちらを向いた。そして、握っていた短刀を懐に引っ込めた。

「あ、あんた、誰だ？」

キグサが振り返って男を見たが、黙ってさらに奥へ行く。

二人の間に立ち、遮った形になる。男はまだ驚いた顔のまま突っ立っている。痩《や》せ衰《おとろ》えた腕、青白い顔。もはや生きている者とは思えない印象だった。怯《おび》えているようにも、また怒りを抑えているようにも見える。その両者が、固まって動けない状態か。

「な、何なんだよ、お前は」

「キグサさんの友達だ。キグサさんになにかあれば、どうなるか、わかっているな？」

「ど、どうって……」

奥からキグサが戻ってきた。

「ほれ、持っていけ。これが最後だ。もうこれ以上はここにはない、ということだ。来年の春にならんと作ることさえできん。わかったか？」

「わ、わかった。恩に着る」

男の表情は変わらない。じりじりと後退し、戸口から出ようとする。

「待て」キグサが呼んだ。

「何だ？」

「米を置いてけ」

「いらんと言ったじゃないか」

「この人にやるんだ」キグサが横に立った。

男は米の袋を投げる。キグサがそれを受け取った。どれほど入っているのか、三日分にもならないだろう。

男が立ち去ったあと、キグサが戸を閉め、こちらへ戻ってくる。

「短刀を抜いたのです」事情を説明した。

「ああ……」

「ご存じでしたか？」

「いいや」キグサは首をふる。「ま、あいつは、そんな男だ。どうせ長くはない」

「長くはない？」

「じきにおっ死んで、さらばよ。もって半月かな」

「どこか悪いのですか？」

「もともとは、背中を痛めてな、そこが痛くて仕事ができんと言うてきた。それは、動かないでじっとしているしかない、と言い聞かせたが、じっとしているなど無理だと言う。では、本当に痛いときに少しだけ飲めと、痛みを弱める薬をやった。それは痛むところを治すものではない。薬というのは、躰を殺すもの。痛いと感じる道筋を塞《ふさ》ぐ。だから、良くなるのではない。そういう説明をしてやった。それが、あとからあとから何度も薬を欲しがる。痛みが消えれば、もう治ったと思う。言われたこともすっかり忘れてしまう。そういう気持ちにさせる効き目もまた、薬のうちだわな。どんどん度を越えてしまって、ほかのところも悪くなる。顔を見ればわかるわ。最後は発狂するか、そこまでいかずとも、首を吊《つ》るか。結局、痛くて死ぬのではない。なにも感じなくなって、生きていく気もなくなるという道理だわさ」

「たしかに、異常な感じでした」

「周りの者も、もう薄々感づいておるだろう。キグサの薬のせいじゃと言う者もおろうよ。まあ、これも運命。どうにも避けられん。いずれはわしを刺し殺しても薬を奪おうとする。そうなるわな、と思うておったところ」

「どうして、そんなことを？　頼めば薬はもらえるではありませんか。今だって……」

「そういうまっとうな判断が既にない。苦しいのは、薬が少ないせいだ。キグサが薬を与えてくれない。自分を苦しめるためにそうしているのだ。あいつはそう考えている。悪い方へ悪い方へ考えが及ぶ。これも、やはり薬のせい。薬が躰の筋を塞いだからだ」

「そんな薬を、どうして作るのですか?」

「いや、薬というものはすべて同じ。少量を適時に使えば、治癒《ちゆ》の助けとなる。人の躰は、そういう刺激によって活を得るからな。ようは、どんなものにも、ただ一つの働きしかないということはない。何物もすべてに影響する。多い少ない、近い遠いがあるだけのこと。悪さが少ないうちは問題ないが、適量を超え、それが度《たび》重なれば、いずれも悪薬となるわ」

「なるほど。しかし、哀れですね。判断がつかないところまで陥《おちい》ってしまっては、もう救いようがありません」

「生きている目的がないのだから、死んでいるのも同じだわさ。まあ、道理というものを少しでも知っておれば、そうはならん。たとえば、剣が強くなる薬がある、と言われれば、お前さんはそれを信じて飲むかね?」

「いえ、そんなものはありえません」

「そう。これを飲めばたちまち剣の達人となる、という薬はこの世にない。それくらい誰でもわかる。では、何故、痛みがぴたりと治まるという薬があると信じられる? どちらも、人間の躰のことではないか」

「そう言われてみれば、そうですね。いや、わかりません。どこが違うのでしょうか」

「文字の読めない者が、薬を飲んだら読めるようになる、ということもないわな。また、女を男にする、といった薬もない。それを飲んだら、いつまでも死なずにすむ、という薬もありはせん。それなのに、病が治る、痛みが消える、という薬はある。いや、あると信じている。それはどういった道理かな……」キグサはそこで、首をぐるりと回した。

「ようするに、元どおりに修復することならば可能だと考えるからだ。一度覚えた文字を忘れてしまった。それを思い出す薬ならば、できるかもしれん、と考えるだろ？」

「ああ……、そうですね。それはありそうです」

「だが、覚えてもいない文字が書けるようにはならん。薬というものは、知恵を作るものではない。無から有を生むものではない。ただ、ちぎれかけたものをつなぎ、引っかかっているものを動かすだけ。もともとあったふうに戻す働きしかない。そう考えるわけだわな」

「そう考えています」

「それが間違いの元。さきほどと同じだわさ。生きている者に価値があり、死ねば価値は消えるという、あれと同じではないか。わかるかな？」

「わかりません。どこが同じですか？」

「元に戻ることができる、というのは、元に価値があると考えている。一度得た価値は、無駄に消えるものではない、一時的に価値が下がっても、再び取り戻し、また使えるようになる、とそう考える。元気な者には価値がある、若いときには価値がある、そして、元気でなくなれば価値が薄れる、歳を取れば価値が下がる。そう考える。そういう価値を考えるから、それが取り戻せると、薬に縋る。薬でなくとも、神仏に縋る。なあ、みんな同じじゃないか」

「そういうことですか……」

「わしが言うのは、そういう価値というものはそもそもない、ということだわ。価値がないのだから、取り戻すことも意味がない。若いと、価値があるかね？　年寄りには価値がないか？　たしかに力は衰える。力がないと、価値がないか？　価値があると信じているから、元どおりになろうとする。流れに逆らおうとするわけだ。まるで意味がないわな。いや……、逆らっても良い。なにをするのも人の勝手。だがな、なにをしても、皆が歳を取るではないか。薬を飲んでも、結局は死んでしまうではないか。どうだ、どこか間違っているか？」

「それはそうですが、せめてこの一時を……、明日もまた生きていたい、と誰もが願うのではないでしょうか？」

「それも、生きていることに価値があるという考えに取り憑《つ》かれておるからだ」

「では、生きていることにはまったく価値がない、ということでしょうか？」

「いや、それも違う。それでは、死ぬことに価値を求めるような、間違った道理になる」キグサは首をふった。それから声を上げて笑った。「若い者には難しいわな」

「難しいです」

「さっきのあいつは、まもなく死ぬ。しかし、このわしも、もうすぐ死ぬのだよ。あいつが血迷ってわしを刺し殺しても、なにも変わりはせん。世間にどんな影響がある？　来年の米が豊作になるわけでもなかろう」

「なかなか、人はそこまでは悟《さと》れません。いつ死んでも良いなどと考えられるのは、既になにかを成し遂げた人のようにも思えます。若い者は、これからの自分の人生に、多かれ少なかれ期待しているものです」

「そう思うか？　それは、お前さんが侍だからではないか？　お前さんは恵まれておる。剣の腕も確かなようだ。生まれたときにも、生まれたあとにも、沢山のものを授かっておるわ。だがな、この辺りで畠を耕しておる百姓はどうか？　山の樹に斧を打つ樵はどうかな？　なにも考えてはおらん。自分が何者なのか、と考える言葉すら知らん。ただただ、飯を食って、寝て、歳を取っていく。死ぬのを待つだけの人生だわな。恵まれるものもなければ、自ら悟ることもない。ないからこそ、生きていても、死んでいても、同じ価値。つまりは、そういう自然のもの、樹や草と等しい。たしかに、死にたくはないと願ってはいるが、その願いも、今は腹が減っておるから、という理由でしかない。強く願っているというものでもない。そういう弱い生き方しかできん。それが普通の者」

「わかりました」頷いてみせた。「そのとおりかもしれません」

侍が特別だということを、キグサは言いたかったのだろうか、と考えた。特別というよりは、不自然というのに近いかもしれない。それには一理ある、と思われた。

「まあ、人のことなど、どうだってええわ。己の心しかわからん。己のために生きる以外にない」

「どうすれば良いでしょう？」

「何が？」

「私は、これからどうすれば良いでしょう？」

「ん？　自分で、それがわからんのか？」

「わかりません。カシュウが死んで、私は山を下りました。いよいよなにかを成すときだと感じたのですが、ここ数日、目まぐるしいばかりで、目的はまったく霧の中。ただ、歩いているだけです」

「歩いているだけではなかろう。なにか、嫌なことがあったのか？」

「既に、人を二人も斬りました。避けるべきだと教えられていたのに、避けられませんでした。こんなことならば、あの山でずっと一人、生きていれば良かったのではないか、と迷います。これでは、さきが思いやられます。今からでも、山へ戻るべきでしょうか？」

「そういうものに効く薬はない」キグサは笑いながら首をふった。

5

なかなか寝つけなかった。

藁の上という寝床が問題だったわけではない。金を払う宿に比べれば、快適とはいいがたいけれど、特に寒くもなかったし、自分が育った場所と同程度の条件だった。

上の方から異音が聞こえた。明かりを消したので、なにも見えないが、それは梁の上で寝ているキグサの鼾《いびき》だ、と気づく。これも、大きな問題ではなかった。カシュウも鼾をかいた。山で生活していれば、夜は風で樹の枝がざわめく。枝が折れて飛んでくれば、大きな音が突然響くことも珍しくない。

寝られない理由は、キグサの話だった。

難しい理屈だったように思う。しかし、たしかに感じられるものがあったので、それらの言葉を思い出し、繰り返し考えた。

一番引っかかったのは、もちろん、刀を隠せという指摘だ。どういう意味なのかわからない。殺気を隠すことと同じだともいう。キグサの理屈はどれも普通の逆なのだ。言葉の意味自体が、少し違うのではないか。

こんなことをつぎつぎと考えているうちに、自分の今の境遇が情けなく思えてきた。

否、それも違う。

情けないというほど、悪い状況だと考えているのではない。もっと、何というのだろう。寂しく、しんと静まり返ったところに、ただ一人残されているような感覚に近い。これは、情けないというのとは違う。寂しい、という言葉さえも、当てはまらないように感じる。

見渡すかぎり草原が広がっているのだ。
草は風で靡《なび》いている。
自分は普通に立っているが、何故か、ここが一番高いところのように感じられた。
空には月はなく、無数の星に手が届きそうだった。
綺麗だ。
しかし、何故自分はここにいるのか。
素晴らしく気持ちが良い。
だが、何故か悲しい。
悲しい？
頬に手を当てると、濡れている。
泣いているのか？
自分は、今、泣いているのか。
だから、これはきっと、悲しい気持ちなのだ。
でも、悔《くや》しくもないし、不満もない。
惨《みじ》めでもない。哀れとも感じない。
虚《むな》しい？
そうだろうか。

これが、虚しいという気持ちだろうか。
たしかに、満たされてはいない。
喜んでいるわけではないし、怒っているのでもない。
心は、静かなのか。
それとも、興奮しているのか。
どちらだろう？
戦いたいのか。それとも、逃げたいのか。
わからない。
知りたいとは思うのに、何を知りたいのかわからない。
わからないことが、悲しいのだろうか。
もしかして、今頃、
カシュウが死んだことの悲しみが襲ってきたのか。
その悲しみを、心が密《ひそ》かに育《はぐく》んでいたのかもしれない。
それも少し違うように思えた。
どう振り返ってみても、自分は悲しいのではない。
自分がどう感じているのか、はっきりとしない。
こういった迷いから逃れたいとも思うし、このままでも良いようにも思える。

とにかくわからない。
フーマの肩に刀が食い込んだときの感触に似ている。
地面に落ちたサクラギの手首に似ている。
自分がやったことなのに、
自分から既に遠いもの、
遠ざかっていくものに、思える。
考えると逃げていく。
感じると消えていく。
わかった気でいるが、なにもわかっていない。
強くなった気でいるが、いったい何に勝てるというのか。
刀を抜き、刀を振れば、
何が得られる？
人を斬って、人の血を見るだけだ。
それで、何がわかる？
満足など、ない。
清々しくなるわけでも、ない。
勝つということは、いったい何だ？

勝つとは、すなわち負けないこと。すなわち斬られないこと。だから、刀とは、自分が生き続けるための糧《かて》だと考えていた。しかし、キグサが言うように、生きることに価値を見るのが錯覚だとしたら、何のために勝つのか。

何のために刀がある？

この迷いこそ、強くないことの証ではないか。

逃れたい。こんな迷いからは、逃れたい。

どうすれば良いだろう？

カシュウならば、何と言うだろう。

きっと、答えてくれた。

言葉にしてくれた。

言葉が欲しい。

考える拠《よ》り所《どころ》が欲しい。

泣いても、それは得られない。刀を振っても、得られない。言葉は生きている人間からしかもらえない。

なるほど……、そういうことか。

カシュウがいなくなったことで、初めて、生きている人間が必要だと自分は感じたのだ。山を下りることで得られるものは、それしかない。

では、これからも、それを求めるのか？

ただ、キグサは、人は生きていても死んでいても価値は同じだと言う。本当にそうだろうか？

そのことが、まだ自分には呑み込めなかった。

自分が知っている者には、生きていてほしい。ササゴマにも生きていてほしかった。今やどうすることもできないが、それを望んではいるのだ。それは、ササゴマにお願いしても、どうなるものでもなかっただろう。ならば、神に祈るしかなかったのか。それも、違う。神に祈ったところで、どうなるものでもない。なにも変わらない。

そんなどうしようもないものを、何故人は願うのだろう？

不思議だ。

不合理だ。

けれど、自分はこうしていろいろ考える。これ以外に、なにも信じられないからだ。自分が考える理屈だけが頼りなのだ。

そうだ、それはまちがいない。

考えても結論は出ないが、考え続けているうちに、何故か少しだけ安心できることがある。子供のときから、これを繰り返してきた。寂しさ、悲しさ、悔しさ、憎さ、すべてを、考え尽くすことで和らげてきたのだ。

カシュウは、考えるなと言った。

しかし、それはできない。自分は考える以外にない。父母もいない。自分の考えに縋るしかなかった。これだけは、誰にもわかってはもらえないだろう。

その後、カシュウの思い出がつぎつぎと頭を巡った。

目を開けると、そこにカシュウがいるようにさえ感じた。思い出は、どれもとても鮮明だった。


カシュウが握る木刀の先を、じっと見据えていると、
それがふっと消える。

何故、そこにあるものが消える？

何故、見失うのか？

人は見ているようで見ていない。絶え間なく生きているようで、実はそうではない。一瞬、意識がなくなる間がある。気づかないほど短い時間、死んでいるようなものだ。

生きているとは、そういうこと。

連なっているのではない。

続いているのではない。

途切れ途切れに、思うこと、感じることを、ただつなぎ合わせているだけだ。地面が一つの岩ではないのと同じ。詰まっているようで、その実は隙間だらけか。

その隙間が、刀を消す？

気がつくと、己の頭の上に、カシュウの木刀があった。

「どうした？　何を見ていた？」

「わかりません」

「死のうと思えば、いつでも死ねるぞ」カシュウは笑った。

「どういうことですか？」

「誰にでもできることだ。いつでもできることだ」

「死ぬことがですか？」

「そう……。ただ、ぼうっとしていれば良い。なにもしなければ良い。こんなに簡単なことはほかにない。死にたくないと言いながら、みんな死んでいくではないか。一度死んでしまえば、もう二度と死なないのだから、こんな安心はない」

「わかりません。どういうことですか？」

「死を見つめなければ、生き続けることはできない、ということだ。刀を見よ、しかし、刀に囚われるな。自分がずっと見ていられると信じるな」

「見ていられないのなら、どうすれば良いですか？」

「死んださきのことを考える。それしかない」

「死んださきのこと？」

「自分が斬られる様を考えよ。そうすれば、相手の刀の動きが見える。今の止まっている刀をいくら見続けても、斬られるのを待っているのと同じ」

今を見ても駄目だ。これからさきのことを見よ。それはつまり、考える、ということではないのか。しかし、カシュウは考えるなとも言う。

考えずに、どうやって未来を見る？

ここにまだないものが、何故見えるのか？

それからは、無言、静寂の中で、ただ刀が動くのを待った。辺りは、霧なのか雪なのか真っ白だったから、刀の動きだけがよく捉えられる。それを操っている人間の姿は見えない。カシュウの姿を見る余裕はない。それに立ち向かうことは、とうていできないと感じる。刃を当てるのがやっとだろう。どんなに動きを見定めても、隙はまったくなかった。

「刀は軽い。軽いから簡単に動きを翻《ひるがえ》す。刀には意志がない。意志がなければ動きは不規則。予測はできない。つまり、刀をどれだけ見ても、次の動きは読めない。刀が自在に操れる者でも、自分の躰はそうはいかない。躰は刀よりも重いからだ。躰は簡単には翻らない。したがって、見定めるべきものは、相手の躰の動き。そしてその意志だ」

「よいか、これは極意でもなんでもない。多少武芸に親しめば、この程度のことは誰もが知っている。つまりだ、今お前が考えるのと同じことを相手も考えている、ということ。すると、どうなる？　相手に動きを察知されることを、相手も知っているのだぞ」

「これが、すなわち、本当の戦いだ。刀が当たる以前に、相手の動きと意志を読み合う。または、僅かな兆候をわざと囮《おとり》として見せる。相手に見誤らせるためだ。どこまで騙せるか、どこまで隠せるかが、勝負を決める。見誤った方の一振りが無駄になり、そのために次の本筋を躱《かわ》せない」

そうか……、キグサが言ったことと同じだ。

そういうことか。

目を開けると、既に朝だとわかった。

窓はないが、隙間から光が漏れていたからだ。

起き上がり、刀を摑んだ。そして、静かに音を立てないように注意して、小屋の外へ出た。キグサの鼾は聞こえなかったが、まだ寝ているにちがいない。

朝の空気は冷たかった。霧が立ち込め、周囲のどの方向の景色も近くしか見えない。ただ、少し明るい白さが一方に集まっている。そちらが東だろう。風もなく、鳥も鳴いていない。

刀を抜き、静かに構えた。

いかにして、刀を隠すか。

いかにして、動きを隠すか。

いかにして、意志を隠すか。

息を止める。そっと刀を持ち上げ、そのまま静かに振り下ろし、斜め下になったところで動きを止める。静かに息をする。次の動きへの予兆はどこにある？　それを見られないこと。それを隠すことが大事。

しばらく、その姿勢のまま。

呼吸を整え、力を入れたり、また抜いたりしてみた。

それらが表に出ないように注意をしながら。

戸口にキグサが現れた。

眩しそうに目を細めているが、もとからがその目だった。

刀を鞘に仕舞い、姿勢を正してお辞儀をする。

「おはようございます」

「今日は、暖かくなるわな」キグサが言う。数歩だけ外に出てきた。「霧というのは煙ではないな。何かな、これは」

「湯気のようなものではないでしょうか」

「おお、なるほどな……。どちらも、暖かいから出るものか」

「そうですね」

「煙と湯気は、何故消えてしまう？　どこへ行くのかな」

「空へ上がっていくのでは？」

「それが集まって、雲になるのか？」

「たぶん」

「うん、そしてまた、雨になって落ちてくる。ぐるぐる回っとるというわけか。なにもかもが、ぐるぐると繰り返しておるわな。人もその中の一部」

「そうですね」

「何をしておった？」

「いえ、ちょっと剣の稽古を」

「昨日の話の続きか？」

「はい」

「わかったのか？」

「理屈はわかりましたが、理屈だけでは、形になりません」

「そうらしいな。そこが、わしにはわからん。理屈があれば、それでもうええ。そういうのが、わしの考えだわ。形にすることもなかろうと」

「形がなければ、ものが動きません。動かさなければ、勝てません」

「勝とう勝とうと、必死じゃな、侍というものは」

「それは……、たぶん、しかたないことかと」

「さよう。しかたのないこと」そう言うと、キグサは両腕を上げ、顔をしかめながら腰を伸ばした。「あぁあ、今日もまだ死んではおらんようだわさ。さぁて、飯でも作るか」

6

朝も粥だった。夕飯のときと同じ汁だ。昨日男が持ってきた米を少し入れていたようだが、沈んでしまったのか、それとも溶けてしまったのか、食べたときには粒は見つからなかった。この使用量ならば、十日分にもなろう。

キグサが、山へ薪と菜を採りにいくと言うので、手伝いを買って出てついていった。沢へ下りて川を渡ったあと、急な斜面を上がっていく小径《こみち》があった。途中でその道からも逸れ、林の中へ進んだ。傾斜している地面も、歩くうちどちらへ傾いているのかわからなくなる。霧はまだ少し残っていたが、キグサの言ったとおり寒くはなかった。

落ちて乾いた枝を拾う。適当に折って、束ねて縛り、肩に載せて歩いた。キグサは、いろいろな草を採った。明らかに食用ではない。食用ならば取り尽くすところを、大部分を残し、少量だけちぎって籠《かご》に収めた。

一時ほど歩いたあと、引き返した。同じ道で戻った。小屋に帰ってきても、まだ昼前だった。また粥を少し食べた。そのあと別れを告げ、キグサの小屋を出た。

「ちょっと待ちな」と呼び止められる。

外で待っていると、キグサが出てきて、薬をくれた。食べ物に当たったときに飲む薬と、傷を負ったときに塗る膏《あぶら》だという。

「私には、お返しするものがありません。失礼でなければ、お代を払いますが……」

「いらんいらん」キグサは手を振った。「さ、もう行け」

今からなら、夕刻には街道に戻れるだろう。その後のことはなにも考えていなかったが、それはまた今夜にでも考えれば良いこと。そう思って歩いた。

戻る道は田の間を緩やかに上っている。これがフミノサカだろうか。それを上りきり、集落が見えてきたところで、先の社の方に人集《ひとだか》りが見えた。十数名が集まっている。何事だろうと近づくと、その中に知った顔があった。昨日案内をしてくれた長の娘だ。

「何があったのですか?」

「首吊りです」彼女は顔をしかめて答えた。

そこからは見えなかった。回り込んで見上げると、枝振りの良い老木の一番低い枝に、男がぶら下がっていた。顔は土色になり、舌を出している。その舌の色も土色だった。足に触ってみると冷たい。生きていないことは明らかだ。

首を吊るという死に方は知っていた。カシュウから聞いた話だ。侍ならば腹を切るが、刀を持たない者は、水に溺《おぼ》れるか、あるいは首を括《くく》るしかない、ということだった。

初めて見る光景だが、長く見たいとは思わなかった。見苦しいとか、哀れとか、惨めというのでもない。もはやそこに見るべきものがない、つまりは闇のような無しかない、と感じたからだ。だが、死んでしまったから価値が消えるというのも、キグサが指摘した誤りかもしれない。それを思い出した。

そのままにしておくのは、不自然で落ち着かない、と感じる。

「縄を切りましょうか?」見ている者たちにきいた。

老人もいたし、子供もいた。若者は少なく、長の娘くらいだった。樹に登れそうな男はいない。顔を見合わせ、小さく呟き合っている。どうしたものか、と相談をしているのか、それとも、どうすることもできない、と知っているのか。

「あの、お願いいたします」長の娘が答えた。「そのままにしておくわけにはいきませんから」

「縄を切って、下に落としても良いですか?」

「それは……」娘は、老人たちを振り返る。何人かが頷くのを確認してから、こちらを向いた。「はい、お願いします。もう死んでいるのですね。生き返ることはありませんよね?」

「わかりませんが、このままにしておいたら、余計に生き返らないでしょう」

「では、縄を切っていただけますか」娘が言う。口を手で押さえ、怯えた顔をしていた。

刀を抜き、男の頭の上へ差し出す。少し跳べば届きそうだった。幹から登るよりは早いだろう。地面を蹴り、同時に刀を振った。何度か繰り返せば切れるだろう、と考えたが、最初の一撃で縄は切れた。それほどの手応えもなかった。これも、刀を研いだおかげだろうか。

男の躰が地面に落ちた。それを見て、皆が念仏を口にした。

足許で仰向けになった者を確かめ、ようやく誰なのかわかった。キグサのところに薬をせがみにきた男だ。すっかり顔が変わっているので、最初はわからなかった。着ているものが同じだし、体つきからしても、まちがいがない。

何人かが駆けつけてきた。

声を上げて男の横に蹲《うずくま》る老婆と、男の足に縋りつく女。それから、少し離れたところに突っ立っている子供が三人。老人たちがその子供の前に立って、死人が見えないように遮ろうとしたが、子供たちは横から顔を覗かせ、じっと見つめる目だった。泣いているわけではない。泣いているのは、老婆一人だけだ。

その場を離れることにする。

長の娘が追いついてきた。振り返ると、彼女は無言で軽く頭を下げた。

「村を出るところです」こちらも頭を下げる。「昨日は、どうもありがとうございました」

「キグサさんのところに泊まられたのですか？」

「はい。とても良い話を聞けました。素晴らしい人ですね」

「キグサさんがですか？」

「はい。では、失礼します」

また歩き始めると、娘はあとをついてくる。

「途中までご一緒に」

「大丈夫です。道はわかっています」

「いえ、私も家に帰ります。同じ道です」

それはそのとおりだ。二人で並んで歩くことになった。

「あの死んだ人、キグサさんの薬を飲んでいたのです」娘が話した。「あの人が初めてではありません。キグサさんの薬を飲んで首を吊った人がほかにもいました。みんな、不気味がって、キグサさんには近づかないようになりました。私も怖いのです」

「薬を飲んだのは本人です。無理に飲ませたわけではないでしょう」

「それはそうですけれど……、可哀相です」

「さっき泣いていたのは？」

「あれは、母親です」

「ああ、それは気の毒ですね」

もう一人の女は、きっと男の妻だろう。そして子供が三人いたというわけか。ただ、泣いていたのは母親だけだった。妻の女は泣いていない。子供も一人も泣いていなかった。泣けないほど驚いていたのかもしれないし、泣くほど悲しくなかったのかもしれない。

「自分で望んで死んでいく人は多いのですか？」

「望んでだなんて、そんなことはありません。死ぬことを望む者はいません」

「言葉が間違っていたかもしれません。自分の判断で死を選ぶ、という意味で言いました」

「やむにやまれず、ほかにしようがないから、死んでしまう」娘は声を震わせる。頬に涙を零していた。「そういうのは、心が弱いのだと教えられました。死ぬことを思えば、どんな苦労もできるはずだと。だけど、生き続けるのが耐えられないということが、きっとあるのだと思います。死んだ人を責めることはできません」

「そうですね」

「自分勝手というのでもありません。周りの人にこれ以上の迷惑をかけられない、という決心もあると思います」

長の家が近づいてきた。

「これから、どちらへ行かれるのですか？」

「街道に戻ります」

「そのあとは？」

「わかりません。帰る家はありませんので、旅を続けることになります」

「どうして家がないのですか？」

「お世話になりました」頭を下げた。

説明は面倒だったので、そのまま別れた。

しばらく歩いてから振り返った。娘はまだ門の前に立っていた。首吊りの森は見えたが、人々の姿まではわからなかった。キグサの家もとうに見えない。

幾つかの屋根から煙が上がっている。畠で働く人の姿も幾つか見えた。空は高く晴れ渡り、風もなく暖かかった。道を行くのは自分だけで、またしばらくただ歩くだけの時間になるのだな、と思った。

昨夜は寝るまえも寝てからも、考えすぎた。だから、少し考え疲れたようだ。風景を眺め、ただ素直に感じるだけの方が楽だろう。できるだけ考えないようにしよう。

それでも、自ら死んだ男のことは忘れることができない。あの男を救えなかっただろうか、というふうに考えてしまう。妻や子供たちのためにも、それは価値があったことではないかと。

男は、キグサを殺そうとまでしていた。おそらく既に正気を失っていただろう。妻はそれを知っているから、泣かなかったのではないか。そう想像すると、こちらも少しだけ気が収まる。

それでも、こうも考える。自分が脅して短刀を収めさせた結果、彼はキグサを殺すことができなかった。薬はもらえたけれど、本人が抱いていた疑心は消えなかっただろう。たとえば、キグサがくれた薬は偽物だと思ったかもしれない。自分の不安が消えないのは偽の薬のせいだ、と考えても不思議ではない。キグサのところには侍がいて、もう本物の薬を手に入れる手段がなくなった。そう絶望して命を絶ったのかもしれない。だとしたら、自分が脅して殺したようなものだ。

誰かを救う行為が、別の人間を死に追いやる。それは、いかなる場合にも起こりうること。考えてみれば、当たり前のことだ。人を助ければ、その一方で誰かの不利を招く。味方をすれば敵ができる。生きようとすれば、誰かを殺すのだ。すべて同じではないか。

何者も殺さない、何者にも不利益を与えない、そんな生き方をしたければ、人との関わりを一切断ち切る以外にないだろう。山の奥に籠もり、ただ一人で生きていくしかない。

たとえ一人で生きても、食べるために動物を殺す。動物を殺さなくても、木の実を採れば、その実を食べる動物が飢える。生きること自体が既に、殺し合いと同じだ。

何故、この世には生きているものがいるのか？

どうして、死ぬために生きているのか？

すべてが石や土のようなものならば、この世はどうなるのだろう。

風は吹く。雨も降る。水も流れる。

それらはいったい誰のためにあるのか？

7

日が山に隠れると同時に街道の宿に着いた。

同じ宿だ。宿主は、こちらの顔を見てもにこりともしなかった。もしかしたら、覚えていないのかもしれない。老婆もなにも言わず、同じ部屋へ案内してくれた。

しかし、すぐに食事にするか、それとも風呂に入るか、と尋ねられた。風呂があるとは知らなかった。風呂をさきにすると言うと、裏庭へ出たところに風呂がある、もう沸いている、と言われた。

老婆が指さした方へ廊下を歩き、木の履き物を借りて土間に下りてから裏庭へ出た。

空にはまだ明るさがうっすらと残っている。木の塀で囲われた庭に小屋があった。横から煙が出ている。中には丸い釜《かま》があった。下で燃えている火が見える。着物を脱いで湯に入ると、水ではなかったが、沸いているというには温《ぬる》かった。これから熱くなるのだろうか。窓があったので、立ち上がって外を覗き見ると、老婆が庭に出てくるところだった。

「あの、少し温いですね、まだ」そう告げる。

「お侍さん、連れの方がおいでになったで」老婆が言った。

「連れの方って、誰ですか？」

「お部屋にお通ししましたでの」

誰のことだろう？　心当たりがない。人違いではないか。

すぐに会いにいきたかったが、風呂が温いので、湯から出ると寒く感じる。老婆が薪を加えたようだし、底の方から少しずつ熱くなっている様子なので、もう少し待つことにした。

しばらく湯に浸かっていると、外から名を呼ばれた。女の声だ。聞き覚えがあった。

立ち上がり、窓から外を見る。すぐ近くにイオカの横顔があった。別れてまだ数日だが、遠くで会う不思議さで、懐かしく感じた。そういえば、彼女も旅に出ると話していた。すっかり忘れていた。

「風呂が温いのでちっとも温まりません。もう少し待って下さい。すぐに出ていきます」

イオカはこちらを見ないように横を向いている。風呂を覗くことが下品だというわけか。

「今、こちらへ到着したところです。ここの主人にお侍さんを見なかったかと尋ねたのです。話をしていたら、それらしい人がここにいると聞いて、びっくりしました」

「さすがに勘が良いですね」

「こんなにすぐに追いつくとは思っておりませんでしたよ」

「ちょっと寄り道をしていたので」

「では、お部屋でお待ちしております。お食事はこれからですか？」

「そうです」

「是非、ご一緒に……。あの、お許しいただければですが」

「ええ、もちろんかまいません」

「嬉しい」

彼女が離れていったので、また湯に浸かった。

このまえのイオカよりも、子供っぽい感じがした。家を離れたせいだろうか。

温い湯の中で、彼女と何を話そうかとあれこれ考えたが、まとまらなかった。湯は最後には多少まともな熱さになった。

部屋へ戻ると、既に夕食の膳が置かれていて、イオカが部屋の隅に座って待っていた。

魚を焼いたものが皿にのっている。一昨日よりも豪華である。そのことをイオカに話したものか、と迷った。食べ物のことを口にするのは、武士としてはしたないことだ、とカシュウに教えられている。しかし、このご馳走が、宿の者にイオカが要求した結果だとすれば、きいた方が礼儀だろう。

座りながら、立派な魚ですね、とだけ言った。すると、イオカの方から、宿主にできるかぎりのご馳走を出すようにと要求した結果がこれだ、と話した。彼女は不満そうである。どうしてこんな安い宿にお泊まりですか、と尋ねる。

「安い方が良いのでは？」とだけ答えた。

今日は、このまえに比べれば風呂があった。それだけでも贅沢というもの。

「あの、ゼン様にお話がございます」イオカが真剣な顔で姿勢を正した。

「まあ、まずは食べましょう」と提案する。

彼女のそういった真剣さが苦手な自分を、既によく認識していた。腹が減っていたし、料理が冷めてはもったいない、とも考えたのだ。多少彼女に失礼な物言いだったか、と口にしてから後悔したが、意外にも、イオカは不満な顔をしなかった。微笑み返してくる。

食事をしながら、里を出てからのことをのんびりと話した。こちらから言い出したというよりは、彼女の質問に答えているうちに、おおかた何があったのかを語り尽くした感じである。

少なくとも誰に会ったのかは漏れなく話した。ただ、人を斬ったことは言わなかった。したがって、ササゴマが死んだことも話せなかった。また、今朝見たばかりの首吊りのことも黙っていた。

食事のときには、そういった不吉な話はするものではない、と教えられている。そのとおりにしたのだが、そうでなくても、話す気はなかった。どうしてなのかわからないが、少なくとも愉快な話ではないことは確かだし、それに、まだ自分としての解釈がきちんとついていなかった。

そうこうするうちに、自分は食べ終わってしまった。イオカの膳はまだ半分も進んでいない。しかし、ここで彼女は箸《はし》を置き、また座り直した。いよいよらしい。何の話だろうか。

「そうだ……、フーマ殿はいかがですか？」思いついて質問をする。

「ええ、お変わりはありません。熱は下がりましたので、もう大丈夫だと思います」

「それは良かった」

「しっかりと受け答えをなさいます。私に、すまぬ、すまぬとおっしゃるのです」イオカは顔を伏せる。「早くお元気になられますように、と申し上げております」

「そうですか」とにかく素直に嬉しかった。肩の荷が下りたように感じる。

「私は、フーマ様の妻になる決意をいたしました」

「え？　ああ……、そうですか」

そこで、イオカが顔を上げる。こちらをじっと見た。

「それは、良かった。しかし、よくご決断されましたね」

「はい」彼女は頷く。「ゼン様に敗れたことで、フーマ様の中の魔が去りました。私にはそう見えるのです」

「魔が去った？」

「貴方様が斬られたのは、あの人の中にあった魔です。驕《おご》っていたのは、その魔のせいだったのです。あの人は、本来もっと正直で、誠実な方でした」

「それは、そうでしょう。あそこまでの腕前に到達するには、誠実さがなければできません」

「ただ、負けたことがない、という驕りから魔が生じ、道を誤っていたのです。それは、私も、この私も、同じでした」

「貴女も、というと？」

「そもそも、フーマ様が刀を抜かれたのも、もとはといえば私のせいです。私があの人に反発したことで、ゼン様に心を移したと勘違いをされました。いえ……、その思い違いを誘ったのも、私です」

やはりそうか、と納得した。あの夜のイオカの行動は、少なからず作為的なものだっただろう。

「斬られるべきは、この私でした。あの方が身代わりになられたのです。ですから、私は、あの方に恩を返すため、一生を捧《ささ》げる以外にございません」

「なるほど、それで、納得しているのですね？」

「はい」イオカは頷く。

瞳を潤ませていたが、彼女はここで自然に微笑んだ。これまでの固い表情の彼女とはどこか違っていた。おそらく、これが本来の彼女なのだろう。

「わかりました。それが大事な話なのですね？」

「あ、いえ、違います」イオカは首をふった。「私事をさきにお話しして大変失礼をいたしました」

「こちらからきいたことですよ」

「申し訳ありません。あの、実は……」

イオカは、膳を横に移動させ、深く頭を下げた。それから、後方へ振り返り、なにかごそごそと始める。やがて、また前に向き直ると、小さなものを両手で持ち、前に差し出した。

それを受け取った。手にのるほどの大きさの布の袋だった。金が鏤《ちりば》められた文様と、中央に丸い図の刺繍《ししゅう》、袋を縛る紫色の紐の先は豊かな総《ふさ》になっている。

「何ですか、これは……」

「お守りです」

「お守り？　ああ、神様への信心の印ですね？」

「裏をご覧下さい」

裏返すと、小さな文字が縫われていた。禅之助という三文字だった。

「ゼンノスケとあります」

「貴方様のお名前です」

「え？」

「それは貴方様のものでございます」

「どうしたのですか？　これは」

「スズカ・カシュウ様の庵にありました。貴重なものを収めた箱の底に、さらに蓋《ふた》で隠され、収まっていたそうです。ですから、貴方様のものであることは確かでございます」

「うーん、もし本当に私のものだとしたら、何故カシュウは私にそれを告げなかったのでしょうか？」

「おそらくは、知らせたくなかったからかと」

「どうしてですか？　わかりません」

「その紋は、ご存じないと思いますが、大変高貴なものです。この国よりももっと大きな、すべての国を統一する方が使われるものです。普通の者であれば、それを持っているだけで、見つかれば首が飛びましょう」

「よく、そんな危険なものを持ってこられましたね」

「はい、この命を懸けて、お伝えしに参りました」イオカはまた頭を下げる。

「そうですか。まあ、しかし、どう考えて良いものか」

「スズカ・カシュウ様は、もとはといえば、宮仕えをされていたお方。その高貴な家柄との関係もございましたでしょう。ですから、なんらかの事情で、そこの家に所縁のあるお子を預かった、そのときに印として、それが手渡されたのでしょう。ただ、お子を内密に預けなければならない事情があった、その理由を想像してみて下さい。それは、余程のことでございます。隠さなければ殺される、というほどの大事かと」

「お家騒動みたいなものですか？」

「原因はもちろん、権力の奪い合いでございましょう。その争いから逃れさせるため、お子の命をカシュウ様に預けたのです」

「それが私だというのですか？」

「さようでございます」

「うーん」思わず腕組みをして、唸ってしまった。

「父が覚えているかぎり、一度だけあの山へ、駕籠《かご》を伴った一行が来たことがあるそうです。もちろん、そのときに子供の姿を見た者はいません。きっと駕籠の中にいたのでしょう。隠密《おんみつ》に行われたということです。そのときには、まさか小さな子供を連れてきたとは想像もしなかった。城の侍がカシュウ様に会いにきた、というくらいに思ったそうです」

「でも、その後は、その人たちは来なかったのですね？　それらしい人が様子を見にきたこともない」

「それほど、隠さなければならないことだったのではありませんか。知る者の口は封じられたでしょう。既に、知る者は僅かかと思われます」

「それでも、カシュウならば、私にそれを話すのではないでしょうか？」

「もし、知っていたら、貴方様はどうなさいますか？」

「それは……」

「お城へ行き、それを見せ、高貴な方に会おうとなさいますか？」

「うーん、どうかな。それは、たしかに確かめたいかもしれません」

「すると、どうなるでしょうか？　それを、カシュウ様は心配されたのです」

「なるほど、そんな真似をしたら命はないぞ、ということですね？」

「おそらくは……」

「しかし、その当時の事情が、そのまま今でも変わらないということはないでしょう。既に、どうでも良いことになっているかもしれません」

「それも確かめることは叶いません。どうか、お願いでございます」イオカは両手をついて頭を下げる。「黙ってこれをお納めになり、そのうえ、なにも確かめないとお約束下さいませ」

「確かめない？　ああ、つまり、このまま隠れていろ、というのですね？」

「御身のためです」

「承知しました」頷いた。「それに、これはいりませんよ。サナダ様に差し上げます。私にはお守りの必要はない。そういう信心を持ち合わせないので無用です」

お守りを返そうと、彼女の手の近くにそれを置く。しかし、イオカは手を引っ込めて、姿勢を戻す。

「それはできません」

「どうしてですか？」

「どれほどのものか、まだご理解されていないのですね。これを持っているだけで、首が飛ぶと申し上げました」

「うーん。しかし、それは私も同じこと。あ、そうだ。風呂の薪にしましょうか？」

「え？」イオカは口を小さく開け、遅れて目を丸くした。

「良い考えではありませんか。燃やしてしまえば、なにもなかったことになります」

「そんな……」

「なにか問題が？」

「印がなくなれば、貴方様の血筋を証すものがなくなってしまいます。それでは、あまりにも……」

「何ですか？」

「あまりにも、不憫では……」

「不憫？　誰がですか？」

「それは、つまり、ゼン様、貴方様がです」

「はは……」思わず吹き出してしまった。「いや、申し訳ありません。私にはわかりません」

「どうか、お納め下さいませ」

「いや、やはり燃やしましょう」

イオカは黙った。口を真っ直ぐに閉じ、こちらを睨みつける。

「それで良いではありませんか」

「良くはありません。真《まこと》を消すことになります。たとえ表に出すことができずとも、真は真なのです。それは大事にしなければなりません」

「この布袋に真があるのではない。私に真があれば、それで充分です」

「私が諦めた理由を消すとおっしゃるのですか？」

「諦めた？」

イオカはまた黙った。

座ったまま、目を細め、考えている様子だった。

そのうちに、彼女の両目から涙が溢れ出る。

白い頬を伝い、顎から胸に落ちた。

目は閉じられなかった。

彼女はこちらを見たまま。
無言。
頷くこともなく、
また、首をふることもない。
言葉にはならないのだろう。
しかたなく手を伸ばし、その因果な袋を握り、自分の懐に収めた。
もう、これ以上は言わない方が良い。
イオカの視線を振り切って立ち上がった。
「さて、もう一度、風呂に入ってきます。さきほどは、温すぎた。ご免……」
イオカは、両手をつき、黙って今一度頭を下げた。

episode 4 : Another shape

Everybody has observed that the Shinto shrines are conspicuously devoid of objects and instruments of worship, and that a plain mirror hung in the sanctuary forms the essential part of its furnishing. The presence of this article is easy to explain: it typifies the human heart, which, when perfectly placid and clear, reflects the very image of the Deity. When you stand, therefore, in front of the shrine to worship, you see your own image reflected on its shining surface, ...

第4話

アナザ・シェイプ

神社に詣《もう》でる者は誰もがすぐに、その礼拝の対象物や装飾的道具がきわめて少ないことに気づくだろう。奥殿に掲げられている一枚の鏡だけが主要なものであるからだ。

なぜ鏡だけなのか。これについては簡単に説明がつく。すなわち鏡は人間の心を表している。心が完全に平静で澄《す》んでいれば、そこに「神」の姿を見ることができる。それゆえに人は社殿の前に立って参拝するとき、おのれ自身の姿を鏡の中に見るのである。

1

翌朝、宿を出た。イオカはさきに発ったと聞いた。

昨夜、二度めの風呂から部屋に戻ると、膳は片づけられ、布団が敷かれていた。イオカはもういなかった。つまり、あれが彼女の顔を見た最後になった。

街道をどちらへ進もうか、と一瞬考えたものの、戻る方向ではなく、未知の方角を素直に選んだ。

雲がやや多かったが、雨になるほどではない。歩くには都合の良い天気といえる。

イオカは家へ帰ったのであろう。フーマの世話がある。そう、チシャのことを尋ねるのを忘れていた。キグサに会ったとき、少し気になったことがあった。カシュウに診てもらったチシャの病気は、どんなものだったのだろう。それも、イオカにきけばわかったかもしれない。もちろん、わかってもどうなるものではない。自分にできることなどない。また、関わりのないことだ。そういう余分な気掛かり事が世の中には多いものだな、と感じる。

見つかったら死罪になるという守り袋は、風呂の火の中に投げ入れるつもりだったが、イオカの最後の言葉がどうしても心に残り、思い留まった。

「私が諦めた理由を消すとおっしゃるのですか？」

殺気を感じるほどの眼差しだったではないか。

諦めた理由とは？

もしかして、自分を諦め、フーマの妻になる決心をした、という意味だったろうか。つまり、高貴な血筋とわかったので夫婦になることは無理だ、だから諦めた。それなのに、その証のものを燃やしてしまうのでは、決心が揺らぐ。ということか。

あのときは、何を言っているのか、不覚にもわからなかった。そこまで思いが巡らなかったのは、自分も頭に血が上っていたのだろう。今、冷静になって考えれば、それ以外に解釈は見出せない。

サナダの家に泊まったあの夜も、イオカは夜の床に忍んできたのだ。おそらくは、あれも意思表示だったのだろう。言葉で聞いたことは一度もない。昨夜のあの一言が、最も核心に近いものだったといえる。

ただ、一緒に旅に連れていってくれ、と言った。その言葉が意味するところ以上には受け取らなかったのだが、それも今思えば、もっと深い告白だったのかもしれない。

では、直接言葉を聞けば、自分はどう応えただろう？

たぶん、それはできませんと返した。そうしなければならない。彼女は、それもわかっていた。言葉で断られるのを避けるために、言葉にしなかったのだ。

　そんな想像をしながら歩いた。

　既に、一つの落着を見たようにも感じた。

　昼頃には大きな川に出た。渡ることはできそうにない。金を出せば船に乗せてくれるらしい。そんな立て看板があり、船を待っているのか、それらしき姿が二つあった。

　近くへ行き話を聞くと、上流へしばらく上れば橋があるが、道のりが半日もかかるという。

　しばらく待っていると、その船というものが来た。

　浅瀬に杭《くい》が打たれ、板が渡してある。そこへ船をつけた。近づいて見てみると、板で作られた盥《たらい》の大きなものだった。想像していたものよりも、ずっと小さく、またあまりに粗末だ。こんなものに大勢が乗るのは危険ではないか。特に形が細長く、たちまち横に倒れそうな気がした。

　船の中に立ち、長い棒を水中に差し入れている者がいる。その男が船を操るようだ。二人の旅人は男に金を渡して、船の中に座った。

「お侍さんは？」その船の主が尋ねた。

「あ、いや、私は乗らない」思わず答えてしまった。

　船はまた引き返し、水の上を進んでいく。自分が乗らなかった分軽くなったから、少しは安全になったことだろう。

　道を少し戻り、川沿いに進むことにした。上流にあるという橋を渡ることにしよう。べつに急ぐ道中でもない。

街道沿いには広い田畑もあり、そこで働く人もあった。また、人家がちらほらと見えたが、川を遡《さかのぼ》っていくうちに、山が近くなり、人里らしきものも見当たらなくなった。

道は細くなり、ほとんど獣道に近い。枯れ草を掻き分けて進むこともあった。もうここで道は途絶えるのではないか、と心配すると、またしっかりとした道が現れるという具合である。川幅はまだまだ広く、渡れそうなところはない。だいぶ歩いたが、橋などまったく見えなかった。

このままでは野宿になるな、と考えた。風を避けるような場所があれば良いのだが。

山が迫り川が曲がっている。岩が多くなった。

夕暮れが近くなった頃、ようやく橋が見つかった。岩を利用し、木橋が渡されていた。向こう側に集落があるようだ。岩に上がったとき、屋根が幾つか見えた。

岩の上を進み、流れの中央を木橋で渡る。さらに傾斜した岩場を進むことになるが、途中からは木の段が作られていて、多少は上りやすい。ようやく、それを越えると、林の間から畠が見える。そちらはずっと低い。すぐ近くに人家もあるようだ。

既に太陽は見えなかった。山が近いため、その陰に入ったのだ。高い山の上の方だけが明るいが、辺りはもう暗くなりつつあった。道を見つけて、林を抜けて下りていく。

また上りになり、坂を越えると、再び集落が見えた。さらにその向こうに深い谷がある。そこにも細い橋が架かっているようだった。さきほどの橋も、この集落の者たちが作ったのではないか。いずれも山へ入るための道ということになる。畠はあるが土地は広くはない。山で仕事をする者が多いということだろう。

　集落まではまだ距離があったが、すぐ近くに屋根が見えた。さらに近づくと、道からずっと低いところに小屋が三軒ほど連なっていた。いずれも傾きかけた古いものだ。牛か馬がいるのだろう、匂いが漂っている。斜めに下りる細い道があり、そこを下っていくと、薪を割っている男が見えた。驚いたことに侍だった。こちらに気づき、仕事を中断して汗を拭った。

「通りすがりの者です。ゼンと申します」頭を下げる。行き先を指さした。「この先に宿があるようなところがあるでしょうか。そこまで、どれくらいかかりますか？」

「歩いて半日、いやもっとかかる。この村で休まれるのがいい。この先は、もうずっと山道になる」

「馬屋でけっこうです。お借りできないでしょうか？」

「ああ、ええ、どうぞ」

「ありがとうございます。代わりに、なにか仕事をいたします。あとの薪を割りましょうか？」

「そうですか……」男は足許を見回した。「では、お願いしようか。私は飯の支度をします」

「あ、いえ、おかまいなく。泊めていただくだけで充分です」

「いや、一人も二人も作る手間は同じですよ」

　斧を手渡された。男はくるりと背中を向け、小屋の方へ行ってしまう。侍に見えたが、刀は持っていなかった。頭は上の毛が薄く、額が広い。顎の鬚が伸び、頰が瘦《こ》けていた。貧しい暮らしをしているのは明らかだ。侍が一人、こんなところで暮らしているのだろうか。

とにかく刀を置き、薪を割ることにした。キグサのところでやったばかりだ。キグサの斧は小さかった。侍のものは柄も長く立派な道具だった。これならば、硬い樹でも一撃で割れそうだ、と思われた。

仕事を始めると、自分の躰のことが気になる。

力の入れ方、重心の位置とその移動、腕の振り、握りの位置、握力の変化。どういった方法が一番滑《なめ》らかな動きになるだろう、と思案しながら薪を割った。

こういった作業は、剣の修行に限りなく近い。否、むしろまったく同じだといっても良い。毎日薪を割っていれば、刀を持たなくとも剣の道を究めることができるだろう。

それは、自分の本当の心を知ること、応用ができる理を知ること、そして、あらゆる筋を見極めることが、すなわち剣の強さに近づくことだからだ。

これだけ毎日剣のことを考えているのに、また、少しずつでも前進しているはずなのに、やればやるほどわからないことが増える。わからないことを知るために、生きているようでもある。

自分は無に等しい、ということをただ思い知らされる。

だが、そこをなんとか己を騙し、つまり自分に錯覚させて、今日の剣を手に入れる。明日になれば、またなんとか明日の剣を手に入れる。実に心許ない、その場限りの毎日を繰り返している。

よくもこんなことで刀を持って歩けるものだ。

どこから自信が生まれるのか。

自信？

そんなものは、もとよりない。

ただ、負けたくはない。

勝ちたい。

勝たなければ、生きられないから、必死で考える。

そして、自分は勝てるかもしれない、と思い込む。

勝てる手があるはずだと信じる。

風前《ふうぜん》の灯火《ともしび》のような気力だけで、剣を構えているのであって、いつだってぎりぎりなのだ。

そういったことが、薪を割る一撃に込められる。

体重をかけ、そこに力を集中させる手法は、まさに基本中の基本といえるもの。

思い出し、繰り返し、言い聞かせる。

侍なのだから、と。

相手を倒すことは、己が生きるためだ、と。

山を下りて、二人を斬った。

一人は生きているが、一人は死んだ。

自分の剣が命を奪ったのだ。

こうなることは、ずっと以前から覚悟をしていた。

それでも、少し油断すると、身震いするほど怖ろしい。

自分のために、人を殺したのだ。

侍なのだから、しかたがない？

はたして、そうだろうか。

否、しかたがない。

やはり、しかたがない。

ここには、真も偽もない。

あるのは、生と死なのだ。

どちらを選ぶか、という問題だ。

薪を割り終わり、それを積み上げて一息ついていると、小屋の方から呼ばれた。辺りはもう暗くなっていて、小屋の中の明かりが外に漏れるほどだった。土間の奥で火が燃えている。良い匂いがした。

「えっと、名前は何といわれたか……。申し訳ない。さきほどは、ぼんやりしていたもので」

「ゼンといいます」

「ゼン？　それだけですか？」

「はい」

「失礼。私はヤエジと申します。どうぞ、そこに座って休んで下さい」

「ありがとうございます」

小屋の中は狭い。床はなく、板が数枚渡された場所があるだけだった。一人がやっと横になれるほどの広さしかない。そこの壁際に、刀が二本置かれていた。

2

料理はとても豪華だった。というのも、米が沢山出た。これには驚いた。

「私のために、米を使われたのですか？」

「いいんです。あとで酒も出します」ヤエジは笑った。

話は、この近所の川で捕れる魚のこと、そして山で採れる菜のこと。暮らすのには、ここは良い場所だとヤエジは明るく話した。

「私はもともとは、ここの者ではありません。この辺りを統治していた役人の倅《せがれ》です。しかも、沢山の兄弟の末っ子でして、樵や百姓ならば、それなりに真似ができますが、剣術の方はまったく駄目でしてね。お恥ずかしい話ですが、両手で持ったことがないといって良いくらいなんです。正直なところ、嫌いなんでしょう、あれがね」ヤエジは刀を指さした。「実は、お城仕えをしたこともあるのですが、訳あって一家は離散。自分一人だけ、この土地へ流れてきました」

「こちらで、もう長いのですか？」

「いえ、まだ二年ほどです。ようやく少し慣れたところだったのですが……」ヤエジは立ち上がり、小屋の隅へ行った。徳利を両手に持って戻ってくる。「さて、飲みましょう」

「いえ、私は酒は飲まないのです」片手を広げて断った。

「どうしてですか？」

「どうぞ、お気遣いなく。ヤエジさん、飲んで下さい」

「そうですか。まあ、無理にはすすめません。飲めない人もいますからね」

もう一度、食事の礼を言い、酒につき合えないことを詫びた。ヤエジは酒を飲み始めた。泥水のように濁った液体は、たしかに酒の香りがした。

「一人で飲むところでしたが、貴方のおかげで、こうして話ができる。これも、神様の計らいというものでしょう」ヤエジは嬉しそうに言う。

厄介になっているのに、こんなに喜んでもらえるとは思わなかった。客を待ち望んでいた、という感じが表れている。家族や親族がいないにしても、近所に友くらいいないのか。善良そうな人間だけに、不思議に思った。

その理由は、やがてわかることになる。尋ねたわけではない。ヤエジ自身の口から自然に語られた。

「私は、明日の朝までの命なのです」

その言葉が最初だった。それを口にしたヤエジの顔は、優しく苦笑していた。なにか恥ずかしいことでも語るように。

それから、黙ってまた酒を飲み、その次の言葉が出るまでにしばらく時間がかかった。これは安易に尋ねることではないな、と思えたので、黙って待った。すると、

「いや、命は助かるかもしれない。しかし、まあ、死んだも同じことでしょう。そうなる運命というのか……。不思議なものですね、少しまえには、落ち着かない日々を過ごしましたが、今はもう自分でも諦めたものか、笑えるほど落ち着いています。ええ、明日、私は、果たし合いにいくのです」

「果たし合い？」思わず言葉を繰り返した。

聞いたことのある言葉だが、滅多に使うものではない。すぐには意味が思い出せなかった。

「古い因果がありましてね、ある人と勝負をしなければならなくなったわけです。いえ、私は本当のところ、事情はよくわからない。相手にだって恨みはない。それは、向こうもたぶん同じことと。しかし、これが侍の義というもの。避ける道はありません。たとえ勝負に勝っても、得られるものなどないし、また、負ければ死ぬというだけです。そう、どちらかが死ぬだけで、この因果は終わるのです。それは、たぶん私の方でしょう」

その訳をもっと詳しく尋ねるべきだろうか、と考えた。

だが、聞いてしまえば、立ち入ること、加担することになるかもしれない。だから、躊躇された。

そうはいっても、武士が二人、膝を交えて話をしているのだ。命を落とすかもしれないという深刻な事情である。理由を尋ねないわけにもいかないか、と迷っているうちに、これもヤエジの方から語られた。

「不幸なことと言ってしまえば、不謹慎ですが、斬り合う以外に道はない。家のためなのです。今の今頃になって、そういった沙汰《さた》が下ったというわけですよ」

「すると、なにか、こうしろという命が、上からあったのですね?」

「もちろん、そうです。決着をつけて、それでもうお終《しま》いにしろ、という慈悲深い裁きです」ヤエジは鼻から息を漏らした。精一杯の皮肉を言ったのだろう。「しかし、みんなとうに死んでしまっている。私の家では、自分しか男は残っていない。いや、相手の家だって、まだ若い子供のような者が直系なのだそうです」

「その子供と果たし合いを?」

「そうです。いえ、子供ではない。若いというだけです。貴方くらいの立派な武芸者ですよ。まったく勝ち目はありません」

そんな無駄なことを何故しなければならないのか、という疑問を口にしたかった。だが、もちろん慎《つっし》んだ。簡単に口にできるようなものではない。しかし、どうしても我慢ができない。

「やめるわけにはいかないのですか？」

「やめる？」ヤエジはふっと短く息を吐き、笑ったようだった。「たとえば、どうやって？」

「断ることはできないのですか？」

「誰に断るのですか？」

「それは……、その、命を出した人にです。その人の家来というわけでもないのでしょう？」

「お上ですからね。とうてい無理です。この世に生きているかぎり、逆らうことはできません」

「そうでしょうか？」

「果たし合いに出ていかなければ、それは負けたも同じ。いや、それ以下です。そんな恥を負って、生きていくことなどできません」

「何故ですか？」

「え？」

「恥を負うと、どうなりますか？」

「人として扱われなくなります」

「人として扱われない？」言葉を繰り返してから、その意味を考えたが、具体的にどういうことなのか、よく理解できない。「しかし、生きていくことはできます」

「どうやって？」ヤエジが顔を上げた。

「いや……」彼の目を見て、こちらも急に後悔が湧き起こった。「申し訳ありません。貴方の決心を揺らがせるようなことを申し上げたかもしれません。私は長く山に籠もっていましたので、まったくの世間知らずです。事情も理解せず、勝手なことを申しました」

そう言ったあと、頭を下げた。

「いえいえ、いや……、貴方が今おっしゃったことは、素直な物言いです。そのとおりに考えない方がおかしい。うん、間違っているというわけではない」

「私ならば、逃げ出してしまうでしょう。山奥にまた戻って一人で暮らそうと、そう考えるでしょう」

「それができるのならば、こんなところにおりません。とっくに逃げ出していた」

「そうですか……。お立場があるのですね。本当に申し訳ありません。やはり無謀なことを言いました」

「いや、こちらこそ、余計な話をしました。なんの関わりもないお方に、酔った勢いとはいえ、つい……。申し訳ない。どうか聞き流して下さい」

事情は完全には理解できない。だが、事情をさらに詳しく聞いたところで、果たし合いを避けられない理屈があるとはどうしても思えない。憎み合ってもいない、とヤエジは言った。これは一方だけの話かもしれない。仮に相手も同じ思いでいるとしたら、たしかに理不尽な沙汰といえるが、それを疑うことさえ、侍の道を外れるということだろうか。

人の命というものは、この世ではその程度の価値なのか。

キグサの理屈にも通じるが、また少々異なった印象を受けた。言葉だけの理屈では充分に処理できるものではない、と感じる。それを言葉で片づけた結果、このように捩《ねじ》れてしまうのではないか、とも思えた。

その後、ヤエジは吹っ切れたように明るくなった。酔いが回ったせいかもしれない。もともとは、このようにひょうきんな男だったのだろう。

思い出話を始めたので、それを聞くことになった。

明日にも死ぬ男とは思えない、楽しく愉快な言葉が幾つも飛び出した。川で魚を捕るときの工夫の話に力が籠もっていた。それが彼が最も好んだ時間だったのかもしれない。曇りのない笑顔で語られたからだ。

話を聞きながら考えたのは、こうした人の楽しみというものこそ生きる価値ではないのか、ということだった。

それは、キグサが言った生死に関わらない価値とは、また別のものだろうか。

ヤエジの楽しさは、ヤエジが死んだら、どこへ行くのか。

こうして語られれば、幾らかは人に伝わるだろう。

しかし、けっして語り尽くせるものではない。

果たし合いが悪いのではない。人はいずれは死ぬのだ。これはヤエジ本人がそう語った。ちょっと早くなるだけのこと、そう考えなければ、落ち着いていられない。今日を生きることもできない、と。

覚悟ができている、という意味で、この人間は見かけによらず強さを持っている、と感じられた。逃げないことが強いという意味ではなく、自分の運命を知っていることの強さだ。

運命を知ったうえで、それでも、やはり逃げる道はあるのではないか、と自分は考える。今の自分にはそれが正しいと思えた。だが、僅かな正しさ。弱い正しさだ。その程度の正しさではヤエジを救えないのか。

正しさが常に人を救うわけではないのだ。

また、ヤエジはヤエジが正しいと考える道を選んでいる。それは、自分には間違いだと思えるが、そちらの間違った道の方が、正しさを凌駕《りょうが》するほど強いものに感じられるのは、自分でも不可解なことだった。

3

隣の納屋で寝ることになった。沢山の藁が蓄えられていたので、その上は寝心地が良かった。さらに隣の小屋には馬がいる。その馬のための藁のようだ。もしもヤエジが死んだら、これらはどうなるのか、馬はすぐ隣にある餌を食べられなくなるのではないか。

しかし、翌朝になって、それらの心配が無用だとわかった。

若い娘が一人訪ねてきた。ヤエジが言うには、いつもその娘の世話になっているので、自分がいなくなったあとは、馬は彼女のものになる。既にそういうことが約束されているのだ。

娘は表情がなく、言葉も発しなかったが、ヤエジのために果実を持ってきていた。赤い実で見たこともないものだったが、ヤエジはそれをすぐに齧《かじ》って、

「おお、酸っぱいが、これは美味い。どうもありがとう」と明るく娘に応えた。

朝飯は、昨夜の残りの汁に米を入れ足して粥にした。娘にも、食べていけとヤエジが誘い、三人で食べた。

食べている間、ヤエジは何度か溜息らしきものをついたが、言葉は出なかった。自分も娘も黙っていたので、会話はなかった。

ヤエジは支度をし、自分と娘は庭で待っていた。ついていっても良いかとヤエジに尋ねたところ、是非見届けて下さい、との返答だったからだ。

山の向こうから日がもうすぐ顔を出す、という時刻に、ヤエジは家を出た。きちんと戸を閉め、それから、馬のところへ行き、なにか話しかけていた。襷《たすき》をかけ、鉢巻きをし、刀を二本腰に差していた。

「よし、では参りましょう」笑顔でそう言った。大変立派な侍に見えた。

ヤエジは黙って山道を上っていく。それから少し離れて、自分と娘が後をついていった。果た

し合いなど見たことがない。どんなものなのか、と想像をしながら歩いた。

娘はまったくものを言わない。子供のように見えたが、あるいは、自分とそれほど離れていない歳頃かもしれない。チシャよりは躰が大きかったからだ。あまりにも無口なので、もしかしてしゃべれないのか、とも思った。だが、こちらの言うことにはときおり頷く。耳は聞こえるのだ。

ヤエジはたまに後ろを振り返り、こちらを見ては頷いた。もう笑ってはいなかった。

村に近づいたが、手前で道を逸れ、沢の方へ下りていく。そこが約束の場所らしく、下に二人待っている姿があった。その小径の途中で、手前の高いところに村人が十人ほど集まっているのが見える。

ヤエジは小径をどんどん下りていく。自分と娘もついていった。村人たちがいるところからはよくは見えないだろう。見届けると約束した以上、少しでも近い方が良い。

待っていた二人は、男と女だった。男の方は若武者で、槍《やり》を地面に突き立て、勇ましく立っていた。また女の方は年輩だが、白い着物を着て、襷をかけている。男の母親だろうか。それくらいの年齢である。

ヤエジは、振り返って、「ここで」とだけ言った。もう、これ以上は近づくなということらしい。

ヤエジが前に進み出て、相手に一礼すると、向こうの二人もお辞儀をした。

「あちらの侍は、助太刀《すけだち》か？」女がきいた。「卑怯《ひきょう》ではないか」

「違う」ヤエジが答える。「見届けを頼んだだけだ。親しい者でもない。手出しはしない」

「さようか、安心した」女が頷く。

「お母上か？」ヤエジがきく。

黙っていた若武者が頷いた。

「よくぞいらっしゃった」とヤエジが言うと、

「そちらこそ」応えたのは母親の方だった。

馬の蹄《ひづめ》の音が聞こえた。上に誰か来たようだ。しばらくすると、年輩の侍が小径を下りてきた。自分と娘に気づき、じろりとこちらを睨んだが、そのまま通り過ぎ、ヤエジたちのいる広場へ出ていく。

侍は双方にそれぞれお辞儀をした。低い声でなにか言ったようだが、聞き取れなかった。どうやら、立ち会いをする人物らしい。

ヤエジは名乗り、若い侍も名乗った。それからもう一度お互いに礼をする。母親は、息子の肩を摑むように触れたあと、後ろへ下がった。

「いざ」ヤエジは刀を抜いた。

若武者も槍を構えた。

槍の先を地面近くにまで下げ、足を前後に広げる。その型は綺麗なものだった。おそらくは、充分な鍛錬の結果であろう。

一方のヤエジの方は、刀を抜き上段に構えているが、足の位置が悪い。あれでは動けない。

二人とも睨み合ったまま動かなかった。

ヤエジは震えている。

若武者の方も呼吸が乱れている。

この状況では槍の方が圧倒的に有利だろう。最初の一撃を外すことができ、遅れず懐へ飛び込めれば、ヤエジにも勝機はある。だが、残念ながら、そのような体勢ではなかった。

何度か仕掛けるような小さな動きがあったものの、どちらも前に出ない。位置を変えることもなく、時間が過ぎる。

横にいる娘を見ると、両手を目に当て、見えないように下を向いていた。怖ろしいのだろう。

若武者が突いて出る。ヤエジがそれを避けた。

刀が槍に当たったが、不完全。

撥ね上げられる。

ぶうんと音を立てて槍が振られ。

ヤエジが後ろへ跳ぶ。

刃先が掠《かす》ったようだった。

また、二人は構え直す。

そのまま、しばらく静止。
ヤエジの腕から血が流れ落ちていた。
声を上げ、ヤエジが前に出て刀を振る。
槍が突く。
避けて、右へ回って飛び込む。
若武者は下がり、槍を反対へ。
槍の尻がヤエジの足に当たる。
ヤエジは体勢を崩し。
刀を振り上げたが、逆に胴を晒《さら》す。
若武者の槍が回る。
隙の胴へ。
呻き声とともに、ヤエジの刀が地に落ちる。
若武者は槍を抜き、逃げるように後ろへ跳んだ。
「ヤエジ！」娘が叫んだ。
ヤエジは地面に手をつき、こちらを一瞥《いちべつ》した。だが、その顔はたちまち地面に落ちた。
「とどめを」母親が叫ぶ。
若武者は躊躇している。

「何をしている、とどめを刺せ！」

ヤエジは動かなかった。

若武者は槍を下方に構え、待っていた。もうとどめの必要がないことは、手応えで知っていただろう。

「見事」立会人の男が言った。「勝負はあった。しかと見届けた」

若武者はさらに後ろへ下がる。

じっと自分が刺した相手を見据えたまま、視線を逸らさなかった。

立会人の侍は一礼したのち、こちらへ歩いてくる。そして、小径を急ぎ足で上っていった。

もう終わりか。

母親は息子のところへ駆け寄り、抱きついた。

「ようやった。でかしたぞ。なあ、よくやった」

娘が走り出たので、自分もヤエジのところへ行った。

蹲ったまま、ヤエジは動かない。

縋りつく娘を離し、ヤエジを起こした。胸に耳を当てると、動きは感じられない。息も止まっている。既に死んでいることがわかった。相手の母親がこちらへ見にきた。

「いかがか？」と尋ねる。

「死にました」と答える。

「見事な最期でした」母親は頭を下げた。

若武者もようやくやってきた。そして、ヤエジの横に跪《ひざまず》いた。じろりとこちらを睨む。黙っていた。

若武者は、地面に手をつきヤエジに頭を下げた。それから、躰を起こし、両手を合わせて、また一礼をした。彼はさっと立ち上がり、母親とともに戻っていった。

二人は、そのまま立ち去った。小径を上っていく途中で姿が見えなくなった。代わりに村人たちが下りてきて、ヤエジの周りに集まった。死体を運ぶ算段を始めている。

娘だけが、ヤエジの足許に蹲り、まだ声を上げて泣いていた。

4

村を出て、山道を歩いた。

ヤエジのことは村人たちに任せることにした。坊主を呼ぶと話していたので、埋葬まではまだ時間がかかりそうだった。

二人の勝負をもう一度振り返ってみた。ヤエジに勝ち目がなかったわけでもない。両者の腕にそれほどの差はなかったのではないか。

あるいは、ヤエジは死ぬつもりでいたのかもしれない。その覚悟をして、死に場所と決めていたのではないか。そんなふうにさえ思えた。しかし、それではあまりにも潔い。そんなことはありえない。ただ、そう考えれば、ヤエジの生き方は綺麗に残る。そちらの方が納得がしやすい。

相手の若武者は、自分と同じくらいの年齢だった。獣さえ刺し殺したことがない、といったふうに見えた。幾分修行が不足していたかもしれない。だが、ヤエジに勝ったことは有意義な経験となっただろう。

自分の場合、命を奪う一撃というものは、獣で覚えた。また、カシュウが医術にも詳しかったため、人間の躰の仕組みについて多くのことを彼から学んだ。ときには、死んだ獣の死体を開いて説明してくれたこともある。人も獣も、躰の仕組みは同じ。生きていくためにどこがどんな役目をしているのか。そして、その仕組みにおいて、どこに弱点があるのか、ということを教えられた。最初は残酷な姿、異様な臭気に怖ろしさを感じたが、そのうちに、怖ろしいと感じる気持ちに理由がないこともわかった。

生きるものは、ただ生きる仕組みが働いている絡繰《からく》りにすぎない。躰に血が流れているのは、考えてしていることではない。意志によるものではないのだ。それは、谷へと水が流れるのと同じこと。つまり躰の中の自然なのだ。どこかに異変があれば、全体として不具合となり、命という見かけの連鎖が止まる、ということ。一度止まったものは、元には戻らない。流れて地に染《し》み込《こ》んだ雨水が戻らないのと同じことだ。

ただ、命の仕組みが途絶えれば、考えることも、志も、すべて消えてしまうらしい。否、それはカシュウもわからないと話していた。あるいは意志だけは残るのかもしれない。だが、話すことも、聞くことも、見ることも躰がしていることであり、であれば、意志は自分ではなにもできないことになる。

死んでしまえば、躰がない。そうなれば、ただ考えるだけか。考えるためだけに、永劫《えいごう》に存在するのだろうか。だとしたら、それこそまさに地獄といわざるをえない。そのような不合理があるとはやはり思えないのだ。

それにしても、人の死というものは、何故このように心に響くのか。理由がわからない。不思議でならない。

あの娘は、ヤエジの名を叫んだ。ヤエジの元で泣いた。

何故だろう？

何が、それほどまでに人を揺するのか。

また一方では、そんなに大切な命を、どうして人は易々《やすやす》と差し出すのか。どうして軽々と懸けるのか。そうすることで、己の潔さを示すことができるとしても、いったいそれがどんな利となるのか。

ヤエジは、何を得た？

ヤエジという名を、しばらくの間だけ、村人たち、あの娘、そして、通りすがりの旅人が心に留めるだけのこと。

たったそれだけではないか。

あの勝負を避け、山へ逃げ込む道だってあったはずだ。まだ何十年も生きられたはずだ。そうすれば、今までにない経験をし、味わったことのない楽しさにも出会えたのではないか。

それと比較することは、不謹慎だろうか？

わからない。

比較してもしかたがない、ということはわかる。

自分は、何故もっとヤエジにそれをすすめなかったのか。たぶん、ヤエジは聞かなかっただろう。もう自分の道を決めていたのだ。それは、なんとなく伝わってきた。

だからといって、後悔がないわけではない。

ただ、人は生きている方が良い、生きている方が価値がある、ときっぱり言い切れないこともまた事実。したがって、立場は緩い。しっかりとしたものではない。いくら踏ん張っても、キグサの理屈で簡単に崩れてしまう。

剣の道よりも、生きる道の方が難しい。

ずっと険しいように思えた。

この混迷と不安の中に、人は皆放り出されているのだろうか。

よくも皆、平気でいられるものだ。

首を吊ったあの男のように、何故逃げ出さない？

何が、人をこの世につなぎ留めているのだろう？

自分の場合は、明らかに剣のおかげだ。刀を構えることで、すべてを忘れられる。しかし、逆にいえば、それは死に対峙《たいじ》することでもある。刃の光を見る以上、死から遠ざかることはできない。そして、生き物の死を見るごとに、無情になる自分を知る。

無情というのは、実は明確にはわからない感覚だ。何故なら、自分は情というものに接する機会がほとんどなかった。ただ、言葉でのみそれを知っている。人の情がない状態が無情ならば、自分はずっと無情のままだ。カシュウも、自分は無情な人間だと言っていた。情というのは、世話をする、大切にする、という意味ではないという。尊く思い、敬《うやま》うことでもない。ただ理屈なく、親しみ、愛すること、だという。言葉は理解できても、実際のところはわからない。それらの言葉の差も自分にはよくわからない。

娘はヤエジの最期を見ようとしなかった。しかし、名を叫び、縋って泣いた。あれが情というものか。おそらくそうだろう。その気持ちは、仄《ほの》かに伝わるものがある。しかし、理屈はない。道理というものはない。

同じように、若武者の母親も、息子を案じていただろう。とどめを刺すように叫んだではないか。油断を戒《いまし》め、完全な勝利を望んだのだ。あれも情だろうか。

息子への情は、ヤエジへの非情になる。若武者は、今一度槍を突くことができなかった。それが彼の情だった。侍としての情だ。あれは正しい。ヤエジがたとえ生きていたとしても、既に反撃できる状態でないことは明白だった。そんな相手に、とどめを刺すことはできない。

待て……。

足が止まっていた。立ち止まり、振り返った。

もしかして……、
あの母親は、ヤエジが生きて苦しむことを嫌ったのか。生き延びて、侍として恥をかくことを嫌ったのか。

切腹をするときにも、首を刎《は》ねる介錯《かいしゃく》という役目があると聞く。その介錯は、切腹をする者に近い人間、親しい者がするのだという。それも、やはり情けなのか。

無情に思える行為も、情を向ける方向が違うだけのことかもしれない。同じ行為を見ても、思い描くものが異なっているだけかもしれない。

少し離れて見れば、実に馬鹿馬鹿しい殺し合いだ。おそらく、あそこの村人たちの多くは、そう感じただろう。しかし、道理を外れているのではなく、その実は、いずれもが己の道理を通そうとした結果なのだ。そう考えることができる。そう考えなければ、ならない。そう考えなければ、死んだ者は無念だろう。

納得はできないが、誰も悪いわけではない。それは、あの立会人の侍も同じ。あのような役目は、面白いものではなかったはず。

ヤエジの馬は主人を失ったが、あの娘の家に引き取られる。ヤエジの小屋はどうなるだろう。

刀はどこへ売られるのだろう。人が一人消えてしまっても、あの村に大きな影響はない。隣の村には話も伝わらないかもしれない。

結局は、山で死んでいる獣や鳥と同じこと。付近に多少の変化があっても、森も山もなにも変わらない。森や山にしてみれば、それは水が流れることとまったく同じ。生き物はつぎつぎに生まれ、つぎつぎに死んでいく。絶え間なく、そして止められない流れなのだ。

谷に架かる橋があった。

木橋ではなく、縄を渡し、ぶら下がるように中央が垂れ下がっていた。揺れるので、ゆっくりと渡った。よくもこんな危ないものを作ったものだ。

渡りきったときに気づいたが、下の沢から声が聞こえ、人がいるようだった。少し歩いて、樹の間からそちらが見下ろせる位置に来る。ヤエジを倒した若武者とその母が、川の近くで座って休憩をしているようだ。水を飲んでいるのだろう。

同じ道を同じ方向へ歩いていたようだ。ここで追い越すことになるが、直接顔を合わさなかったことは幸いだった。挨拶するのにも、気を遣う。向こうも同じだろう。

遠くから眺めた二人は、笑顔だった。声も楽しそうに響いた。母子は、幸せを嚙み締めていることだろう。その幸せを与えたのは、紛《まぎ》れもなくヤエジである。誰の犠牲もなく現れる幸せというものが、はたしてあるだろうか？

先を急ぐ。

太陽が高くなった頃には、山から離れ、しだいに低いところへと道が続いた。田畑が見渡せる土地に出ると、道幅も広くなった。川が近づく。昨日川上へと向かった同じ川だ。流れは緩やかで、その流れる向きに歩いている。

船で渡るところまで来て、街道に戻った。

船を嫌ったために、一日回り道をした。そのおかげで、ヤエジと知り合ったが、そのヤエジはもういない。船に乗っていたら、すべてなかったことと同じ。結局は、すべてが無になる。

もちろん、自分はなにもしていない。

ただ見ていただけ。

自分があそこへ行かなくても、あの果たし合いは行われ、ヤエジは死んだだろう。なにも変わりはない。

人生というものは、おそらく、こういった無駄の繰り返しなのだろう。ただ、見るだけだ。触れることがあっても、ほとんどなにも変わらない。

まさに、夢。

そもそも、自分が生まれていなくても、今と同じ世の中がある。ほんの少しだけ、近くのものが、ずれるように違ってくるだけのこと。遠く離れるほど、いつの間にか影響は消える。

見て、考えて……、
そして忘れて、

おしまいだ。

得たと思ったものも、いずれは消える。

どこから来るわけでもなく、どこへも行かない。

街道を歩くと、ちらほらと人を見かけるようになった。田畑で作業をする百姓が見えたし、道を往来する者もいる。

遠くの山を眺めたが、もうヤエジが死んだ村がどの辺りかもわからなかった。

5

まだ明るいうちに宿場町に到着した。宿賃の看板を見て回り、一番安いところを選んだが、掲示がなく値段のわからない宿が多い。本当ならば尋ねなければならないことかもしれない。

部屋へ案内してくれた宿の男にそれとなく尋ねると、宿賃は決まったものではない、という。人数が多ければ割り引くし、季節によっても当然違う。泊まる日数が増えれば割安になるともいう。そんなに複雑なものか、と大いに驚いた。それでは看板に示すのも難しかろう。

一昨日に泊まった宿よりもずいぶん立派だった。なにしろ、建物が二階建てだ。これにはびっくりした。階段を上がったところに、普通に廊下や部屋があるのだ。

最初は少し不安を感じたが、しばらくいると、高いところにいることを忘れてしまう。窓からの眺めも素晴らしい。そういえば、城はもっと高く作るという。しかも建てる場所は山の上が多い。高い場所を選ぶのは、遠くの敵が見えるからだろう。

風呂に入ったあと、廊下を戻ってくると、階段に派手な着物を着た女が腰掛けていた。着物の前を大きく開けている。白い首筋に飾り物があった。小さな玉が連なったものだ。

「それは、数珠ですか?」

「は?」女は眉を顰《ひそ》める。「何のこと?」

また、見たことのない不思議な道具を持っていたので、それは何かと尋ねると、

「これかい? 三味線《しゃみせん》だよ」と答える。

「何をするものですか? この糸は何のためにある?」

「どうするのか、見せたげようか?」

「見せて下さい」

「ただじゃないよ」

「どういうことですか?」

「金を払ってくれなくちゃ、見せられないってことだよ」

「いくらですか?」

聞くと、それほど高い値でもなかったので、お願いすることにした。すると、女は急に笑顔になった。

澄ました仕草で立ち上がり、部屋はどちらだい、ときいた。

階段を上がり、部屋へ戻る。宿の者らしき女がいて、こちらに気づいて頭を下げた。食事のことをきこうと思ったが、目を伏せて、走るように立ち去ってしまった。

部屋に入ると、派手な女も入ってくる。襖を閉めて、畳の上に膝をついた。こちらも座って、彼女の方を向く。もう一度じっくりとその道具を眺めた。

女は帯の背に挟んでいた板切れを手にして、それから道具を斜めに持って構えた。

「いくよ」と言った。

無言で頷く。

女は、手にした板を振った。糸を引っかけた。奇妙な音が鳴る。そのあとも、つぎつぎと音を出す。それがずっと続き、こちらもずっと聴いていた。

カシュウは笛を吹いたので、音を出す道具を知らないわけではなかったが、このような大掛かりなものは初めて見る。

女が音を出すのを止めた。

「終わりですか?」ときくと、女は頷く。にっこりと笑っている。

言われたとおり、銭を渡した。女はお辞儀をして礼を言い、それから、まじまじとこちらを見据えた。

「まだ、お若いね、お侍さん。いくつです?」

「いや、歳はわからない」

「わからないって……」女は高い声で笑う。「いえいえ、そう言う私もね、自分の歳はわからないんだ。そう、たぶんね、十七か十八か、そんなところでしょうよ」そこでまた、ははは と笑った。

顔や首が白いが、なにか塗っているようだ。近くで見るとそれがわかった。唇《くちびる》も真ん中だけが特に赤い。

「顔に、なにか塗っているのですか？」

「ええ、そうだよ」女は頷いた。

「何のために？」

「はいはい。野暮《やぼ》なことおききでないよ」

「その、首のところに巻いているのは、数珠ではないのですか？」

「ああ、これのことを言っていたのかい。これはね、ちょいと珍しいものなんだよ」

「数珠ではなくて？」

「うん、似ているけどねぇ。でも、拝むために使うんじゃないんだって」

「石ですか？」

「さあ、何だろう。いいじゃないの、なんだって」女は声を上げてまた笑った。「港の近くでもらったんだ。海の向こうの国のものなんだよ」

「海？　海ですか。へえ……。海の向こうから、その人は来たのですか」

「当たり前じゃないの。まあまあ……、どこから出ていらっしゃったのやら。面白いお方。ねえ、お食事におつき合いさせてもらえませんか？　少しだけお酒を奢ってくれたら、お代はいりませんよ。三味線だって、もっと聴かせましょう」

「貴女は、ここに泊まっているのですか？」

「違いますよ。ここでお客の相手をするのが、私の仕事なんです」

「ああ、なるほど。では、その……、それを鳴らすのも仕事だったのですね？」

「そうですよ、仕事ですよ。だから、ちゃんとお代をもらったでしょう」

「そうでしたか。知らないので失礼をしました」

「とんでもない、失礼なんてことはありませんよ。良いお客さんだわ、本当に……」

その後も、自分は食事をしないし、お酒をほんの少し飲むだけだ、だから、食事のときに一緒にいても、邪魔にはならないはずだ、と女は説明した。

「どうせ、今夜はさ、どの宿にもろくな人は泊まっていないんだから、もうここにしましょう。ええ……」

「三味線を鳴らすだけで、仕事になるというのは、つまりこれが珍しいものなのですね？」

「珍しくないですよ、こんなもの。どこにでもありますよ」

「では、どうして仕事になるのですか？」

「まあまあ、お若いのだから、そんなに心配しなくてもよろしいでしょう」

「いえ、心配しているわけではないが……」

「ねえねえ、お名前を聞かせて下さいな」

「ゼンといいます」

「ゼン、それだけ？」

「そうです」

「短いのね。私はノギ」

そちらも短いではないか、と思ったが黙っていた。

「それじゃあ、お食事のこと、私が頼んできてあげる」ノギはそう言うと、三味線を置いて部屋から出ていく。襖を閉めるときに、こちらを見て、またにっこりと笑った。「すぐに戻りますからね」

つられて笑いそうになるほど、くっきりとした笑顔だった。たぶん、あの白い塗り物と赤い口のせいだろう。生きた人の顔というよりも、絵に描いたもののように鮮明だ。

窓の外に手摺《てす》りがある。落ちないように、という気配りだろうか。この程度の高さから落ちても酷い怪我はないと思えたが、もちろん老人であれば危ないかもしれない。

外は暗くなりつつあった。街道を歩く者も幾分急いでいるふうに見える。

声がして襖が開いた。ノギではなく、宿の者らしい中年の男だった。頭を下げてから入ってくる。明かりを持ってきたのだ、隅へ行き、火を部屋の明かりに移す。

「お布団を敷きましょうか？」男が尋ねた。

「いや、今から食事です。まだけっこうです」

「失礼しました」頭を下げ、後ろ向きに部屋から出ていった。

ノギが戻ってきて、また少し話をした。もう三味線は頼まなかった。金を取られるからだ。その代わりに、持たせてもらうことにした。非常に軽く作られていることに驚いた。箱のような部分は中が空で、音を大きくするためにあるという。

膳が一人分だけ運ばれてきたので、食事をすることにした。酒も来た。ノギが酒を飲んだ。料理もすすめたが、いらないと言う。

彼女も旅をしているらしい。この宿場町へ来たのは昨日のことで、しばらく仕事をして、数日後には次のところへ移動するという。

もともとは都の近くの村の出身で、都で働いていたこともある。そのときに三味線を習ったのだと話した。都では、毎日夜になれば三味線や太鼓の音が聞こえないことなどない、と彼女は言う。

「そんなにみんなが聴きたがるのか……、何がそれほど面白いのでしょう？」

「酒を飲まない人には、わからないかもしれませんね」

「酔うと、わかると？」

「うーん、まあ、わかるとか、わからないとか、そういうことじゃなくて、その、何ていうのか、つまり、これは心で感じるものなんですよ」そう言ってノギは自分の胸をぽんと叩いた。

「ああ……、それにしても、ずいぶん遠くへ来たものね。あ、ゼンさんは、どこから来たの？　どちらへ行かれるの？」

来た方角だけは答えられた。しかし、行き先は決まっていない。そのとおり正直に話すと、またふっと笑われた。

「見たところ、武者修行かな？　どこかのお城で雇われたいとかでしょう？」

「いや、そうではありません。修行といえば修行でしょうが、しかし、刀を使いたいとは思わない、できるかぎり」

「変なことをおっしゃる。あ、そうだ」ノギはぽんと手を打った。「隣の街で聞いた話ですけどね、山寺で悪い侍が退治されたんですよ。そいつ、自分が盗賊だってのに、関係のない人たちを盗賊だと言って斬り殺していたの。もの凄く腕の立つ侍だったんだけれど、でも、上には上があるものね。結局斬られて死んじゃったんですってよ。まあ、その辺りでは、この話でみんな持ちきりでしたよ」

「そうですか……」

「ちょっとでも強くなると、やっぱり、どうしてもそうなっちゃうんでしょうね」

「どういうことですか？」

「だってそうじゃありませんか。修行をして強くなったら、その腕を活かして、金儲《かねもう》けがしたいって考えるでしょう？　お金があれば、美味いものが食べられるし、女も抱ける」ノギはちらりと横目で、こちらを見た。「そういうまっとうな機会がなくても、刀にものを言わせれば、なんだってできちゃうじゃないですか。そうでしょう？」

「そんなことはありません」

「どうしてです？　誰よりも強ければ、誰にも文句は言われない。自分の好き勝手にできるんじゃなくて？」

「さっき、ノギさんが言いましたよ。上には上があるって」

「そうそう。そこなんですよ」彼女はうんうんと頷いた。「ええ、たしかにそうなんですよ。うん、でもね……、実際のところ、わからないいんじゃないですか。誰がどれだけ強いのかなんて。そうでしょう？　わかります？　見ただけで、自分よりも強いか、それとも弱いのか、わかっちゃうものですか？」

「ある程度はわかります」

「へえ……」ノギは目を丸くした。「そういうもんですか？」

「いや、当てにはなりませんね。実際に刀を構えて、向き合ってみるまでは、わからないも同然です。でも、構えを見れば、だいぶわかります」

「そこまでいったら、もう遅くない？　自分よりも強そうだとわかったら、どうするわけ？」

「逃げます」

「は？」今度は大きく口を開ける。「逃げる？」

「それしかないです」

「あらま……、それって、お侍？」

「侍でも、逃げるときは逃げます。恥ずかしいかもしれませんが、生きていなければなりませんから」

「まあ、ごもっとも。それはそうかもしれませんがね。ふうん、びっくりしたわ。こんなにびっくりしたことは、ひさしぶり。そうそうないことだわ」

「侍がみんなそうだとは言っていませんよ」

「じゃあ、ゼンさんは逃げるってこと？」

「ええ。そういう心構えでいます」

「心構えって……」ノギは仰《の》け反《ぞ》って笑う。「おっかしい。こりゃ、本当、面白い話じゃないか」

「隣町でその悪い侍を斬ったのは、誰なんですか？」きいてみた。

「さあ、そこまでは知りませんよ。坊主が斬ったんだと言う人もいましたし、侍だという話も聞きましたけどね。みんな、知らないんじゃないかしら」

それが私ですとはもちろん言わない。そんなことを話す必要はないからだ。話さない方が気持ちが良い。

「ねえねえ、ゼンさんは、どれくらい強いんですか？　まだお若いようだけれど、でもちょっとお話ししただけで、どこか気品があるし、その赤い刀といい、きっとただ者ではないのでしょう？　いかがです？」

「いえ、そんな、大したことはありません」

「何人か、その、斬ったこともおありでしょう？」

「いえ……」

「一番凄かったのは、どんな相手です？」目を三日月形にして顔を近づけてくる。笑っているのだろうか。狐のような顔だった。

「いえ、話せるようなことはありません」

「やっぱり、強いんだよ、この人は……」急に真面目《まじめ》な顔でじっと睨む。「そういう人が強いんですよ」

　黙って汁を飲んでいる間も、ノギはこちらを見つめ、呟くように話を続ける。

「自分からね、こんな斬合いをした、こんなふうに自分は勝った、なんて自慢話をするお侍さんが多いんですよ。まあ、どこまで本当なのか……。そのくせ、なんか落ち着きがなくて、酒に酔ってべろんべろんになる。刀を取られても気づかないくらいなんですよ。ねえ、そんな人が強いだなんて信じられます？　そりゃないでしょう。そこへいくと、ゼンさんは違いますよ。隙がないもの」

「隙、ですか」

「そう、隙」ノギがまた顔を近づける。「それに、殺気があるわ」

「殺気がありますか？」

「あるある。ねえ？　まさか私が突然襲いかかるとでもお考えかしら？」

「いえ、そんなことは」

「懐に短剣を隠しているとか？　簪で突いてくるとか？　あ、ほら、固くなっている。そんなことはさせないぞっていう顔だよ」

「ノギさん、酔いましたね」

「あら、ごめんなさい。あーあぁ」ノギは欠伸《あくび》をした。

酒の徳利は既に横に倒れていた。全部飲んでしまったらしい。こちらも、食事はとうに終わっていた。

「なんだか、眠くなってきちゃったわ。ねえ……」ノギは膝をずらして躰を寄せてくる。「どうするの？　これから」

「あ、ええ。ちょっとそこまで散歩をしてきます」

「は？」

「月でも眺めて、剣の稽古を少し」

「今からですか？」

6

断ったのだが、ノギがついてきた。外は風が冷たい。せっかくの酒が覚めてしまうのではないか。

宿の者にきいて、庭の裏門から外に出た。

「どちらへ？」と尋ねられたので、「散歩です」と答えた。

しかし、ノギが一緒だったので、変な顔をされる。どう思われたのか、という想像をしたが、わからなかった。

裏道を歩き、町外れにある神社へ向かった。ここへ来たときに広い境内《けいだい》が見えたからだ。

街道から少し離れると、明かりはなく、誰の姿もない。それでも、高く上がった月のおかげで、足許はしっかりと見えた。

ノギは黙っていた。自分の肩を抱えるようにしている。寒いのだろう。少し広い場所まで来たので、彼女には離れているように告げた。

二本の大木の間に入り、周囲を確かめてから、刀を抜いた。

心を静める。

一番振り払いたいのは、やはりヤエジのことだった。あの果たし合いの一部始終が一瞬で頭を過ぎった。ヤエジの名を呼ぶ娘の叫び声が遠く響いたが、刀を振るまえに、それらもやがて消えた。

型を変えつつ、刀をゆっくりと振る。

足の位置を探り。

次の筋を模索して。

ゆっくりと今一度、刀を振る。

刃がその筋の途中で月を反射した。

心をさらに平たく。

息を吐き、息を吸い。

ゆっくりと。

さらに、ゆっくり。

手首を返し、逆へ刀を戻す。

引いて、そして押し出す。

真っ直ぐに、けれど、躰の中心から大きく弧《こ》を描き。

腰をさらに下げて。

今のは駄目だ。

やり直す。

もう一度。
呼吸を止めて、刀を斜めに。
時間が止まるほどゆっくりと。
思いを速く、刀を遅く。
躰を中心に。
心の中心に合わせ。
手も足も、刀の如く。
視線はどこを向いている？
相手は自分をどう捉えるのか？
ふっと、心に浮かぶ小さなもの。
僅かな、予感。
刀を隠す？
それは、どういうことだ？
誰が言った？
キグサだ。
殺気を隠すことはできても、刀は隠せない。
息を吐く。

苦しい。

「ヤエジ！」娘が呼ぶ。

「とどめを刺せ！」母親が叫んだ。

遠い。

もう遠かった。

自分の刀はどこにある？

次に来るのは？

視界に動くもの。

刀が瞬時に反応したが。

自分の手が、それを止めた。

葉が一枚、落ちてきた。

舞いながら、ゆっくりと、地面へ。

そうだ……、
この葉を斬ったことがあった。

最初は斬れなかったが、何度か試すうちに、あるとき葉が二つになった。それを繰り返し、損じることがないまでに達した。嬉しくなって、そのことをカシュウに話したのだ。すると、

「そんなものに囚われていては、真の筋を見逃す。いらぬものを追ってはならん」

そう。ついこのまえのこと。

思い出した。

それ以来、葉は斬らない。

今、その枯葉が、地面で止まる。

山を下り、まだ数日。しかし、何人かの侍に会った。

サナダ、
フーマ、
サクラギ、
ヤエジ、
一番強かったのは誰だ？

おそらく、サクラギだろう。

サクラギは、葉を斬ろうとした。

飛んできたのは数珠だった。

それに囚われた瞬間に隙が生まれ、そこへ斬り込むことができた。あれがなかったら、自分に勝てただろうか？

地面の葉を見つめていた視線を空へ。

上に枝がある。

その枝から落ちた葉だったか。

どの枝か？

待て……、
数珠を投げたのは？

カガン。

カガンに救われたのだ。

待て……。

しかし……。

「どうしたの？　もうお終いですか？」女の声がする。

刀を鞘に納めて、そちらへ歩いた。

「すまないが、頼みがあります」

「私に？　何？　ええ、できることならば……」

「その、首の飾り物を貸してもらえませんか。持たせてくれるだけでいい」

「何する気？　うーん、これは大事なものだからねぇ」

「では、代わりにこの刀を持っていて下さい」

「そうまで言われるとね……」

ノギは首からそれを外した。刀を手渡し、飾り物を受け取った。重さは、数珠と変わらない。

多少細長いかもしれない。

それを手に持って、軽く振ってみた。

投げることを想像し。

あのとき、あれは丸い輪の形になって飛んできた。その光景を思い出した。

回転していたのだ。そのため広がっていた。

ということは……。

どのようにして投げたのかを想像したが、容易ではない。

「投げても良いですか？」

「え？　何を？」

「これを、そこの草の中へ」

「ちょっとやめておくれよ、そんなこと……」

「大丈夫、壊したりはしない」

軽く投げてみた。

縦に回してみたが、丸くはならなかった。それは草の中に落ちた。

「もう！」女が声を上げて、そちらへ走った。

すぐに見つかったようだ。こちらを睨んでいる。

「あんただって、この刀を投げられたら、怒るでしょう！」

「いや、申し訳ない。わけがあるのです」

「そりゃあ、あるでしょうよ。でも、お願い、もうよして」

「もうしない。ありがとう」

女は刀をこちらへ返してから、首に飾り物を戻した。

「何だろうね、この人は……。こんな不思議な男は初めてだよ」

女から離れ、またさきほどの位置に立つ。

空を見上げた。

まるで、天から降ってきたように、心の奥から湧き出るものがあった。それを受け止める。

そう、か……。

躰がしんと揺れるようだった。

鳥肌が立つほど、急に怖ろしくなった。

あれは、凄い……。

もの凄い、殺気だった。

何故だ？

何故、気づかなかった？

カガンは、カシュウのような達人なのだ。

まちがいない。

むしろカシュウ以上の武芸者ではないか。

ということは、おそらく、オーミもそうだろう。

自分などよりもずっと、あの二人は強い。

まちがいない。

思い出すだけで怖ろしくなった。

そんな凄《すさ》まじい気配に、何故、気づかなかった？

自然ではない。意図されたものだ。

隠されていたのだ。

殺気を隠せるのか？

何によって隠すのか？

自分は、あの二人を救ったつもりでいたが、そうではない。自分が立ち向かわなくとも、オーミでもカガンでも、一瞬にしてサクラギを倒しただろう。

今頃それに気づくとは……。

「ああ……」思わず声が漏れた。

なんということだ。

情けない。

とんでもない誤りだった。

寺に戻らなくてはならない。カガンに今一度会う必要がある。
会ってどうする？
教えを乞うのか？
オーミとの手合わせでも、願い出るというのか？
何を馬鹿なことを……。
もしかして、カガンは自分を測ったのではないか。
スズカ・カシュウの最後の弟子がいかほどのものか。
情けない。
なんという失態。
溜息をつき、刀を鞘から抜いた。
月明かりに照らしてみる。刃文《はもん》がゆらゆらと踊るように輝いた。
まだまだ、こんなことでは、なにも成せない。
ただ、ぼうっとして、歩き回っているだけの愚者。
もっと、よく見なければ。
本当に強い者は、見えないのだ。
なるほど……、
キグサの言ったことがようやく少し感じ取れた。

「あのぉ……、ゼンさん？　大丈夫ですか？　いったいどうしたというの？」女が言った。

刀を納め、そちらへ戻った。

「今のあれが、その、剣の稽古なわけ？　呪《まじな》いかい？　ねえ、どんな意味があるの？　おお、寒いよぉ、いい加減にしましょうよ。もういいでしょう？」

「どうもありがとう。数珠を貸してくれて、本当に助かった」

「数珠じゃないってば」

7

宿に戻ると、部屋には布団が敷かれていた。ノギが同じ布団に寝たいと言ったが、それは断った。

「どうしても？」廊下に立ってノギが言う。上目遣いにじっとこちらを見る。

「ええ、お断りします。申し訳ない」

「ただなんだよ」

意味がわからないので考えた。

「ああ、そうすると、ノギさんの泊まり賃がただになるということですか？」

今度はノギが考えている様子。やがて、

「馬鹿」と呟いた。

頬を膨らませたが、彼女はお辞儀をした。

「おやすみなさい、変な人」

「今日は、どうもありがとう」いちおう礼を言った。

ノギは廊下を歩き、階段を下りるまえに、一度だけこちらを振り返った。片手を振った。でも、顔は不満そうだった。

襖を閉め、明かりを消してから、床に就いた。

そして、ゆっくりとまた考えることにした。カガンの数珠についてだ。

一瞬だけ視界に入ったその形は、たしかに綺麗な円形だった。しかもあの距離。回廊の上から投げたのだ。

大袈裟《おおげさ》に投げれば、飛んでくるまえに気づかれる。刀で払い除けるようなことはなく、またそもそも避ける必要もない。近くまで来て初めて察知された。それほど自然にあれを投げたということ。真っ直ぐに、サクラギに向かって飛んだ。

咄嗟にそれを躊躇なく行い、的確に目的を遂げた。サクラギがそれを刀で避ける。一瞬の隙ができ、この若い侍がそこへ飛び込むだろう、とカガンは読んだのだ。

たとえば、加勢をしようというのならば、もっと重いもの、打撃を与えることができるものを投じただろう。手近な石でも良い。普通の者ならば、それを選ぶ。

判断の時間があったとは思えない。数珠は袂《たもと》に持っていたものか。それを選び、それを手に取り、それを投げた。日頃からその投げ方を練習しているはずはない。初めて投げたのだ。それが、あのように綺麗に回転して、自在に飛ぶものか。

考えれば考えるほど、その凄まじさがわかる。

それなのに、何故自分は気づかなかった？

そのとき倒したばかりの相手に、まだ気を取られていた。というよりも、サクラギが倒れたことで安心をした。

明らかな油断だった。

もしも、カガンかオーミが自分に斬りかかれば、あっという間に殺されただろう。刀を向ける暇さえなかったにちがいない。

殺気はあったはず。

殺気がなければ、あれを投じることはできない。

否、そうだろうか？

もっと静かな心によって、そういった技が繰り出せるものだろうか？

まるで、筆で文字を書くように。

なるほど……、一輪の花を生けるように。

だから気づかなかった。

殺気ではないものが、あれを投じたのだ。

それは、生死を超えた、いわば無情な心にちがいない。

無情でなければ、人にはそんな技はこなせない。

そうにちがいない。

すぐにもカガンの寺へ駆けつけ、教えを乞いたい、と考えた。けれど、それはどのようにして体得できるものだろう。言葉で伝えられることとは思えない。今の自分の程度でも、既に言葉では表せない。技や術という類のものではないかもしれない。

わからない。

わからないが、とにかくも、惹《ひ》かれる。

是非とも自分の内に取り入れたいものだ。そう考えるだけで、心が躍る思いがした。

カシュウが死んで以来、初めての嬉しい気持ちのように感じた。生きていれば、こういったものに出会うではないか。これが生きる価値なのではないか。その問いを、キグサに伝えたかった。彼女は何と言うだろう？

夢にもカガンが現れた。

彼の前に手をつき、頭をつき、乞い願う。

けれど、カガンは首をふる。

「なにもないのだ。ほらこのとおり」両手を広げる。

なにもないはずはありません。

どうか、教えて下さい。

お導き下さい。

強くなりたいのです。

強く生きたいのです。

「人には、なにもない。そこがわかっておらん」

人には、なにもない？

「なにもないのだから、伝えることも、教えることもできん」

なにもない？

「何があるというのだ？」

なにもなければ……、
なにも生じないのではありませんか。

私が見たものは、何ですか？

「わからぬか？　お前はなにも見てはおらん」

わかりません。

「それが一番、近い」

近い？

わからない。

どうか、ご指導を。

「指すものもなく、導くこともない」

しかし、オーミがいるではありませんか。

オーミを指導されているのでは？

「オーミは、オーミの勝手」

自分も……。

「お前は、お前の勝手」

勝手ならば、願っても良いのではありませんか？

「勝手だな。しかし、私も私の勝手」

朝、目が覚めても、まだ考えていた。

日が昇ると、食事もせず、すぐに出かけることにした。

街道を戻る方向へ。

駄目でもしかたがない。どうなるかわからないが、やはりカガンに会う以外にない。行かねばならないだろう。

歩き続ければ、あるいは一日で戻れるのではないか。

急げば、なんとか……。

大きな川まで来た。

船に乗る決意をして待った。一刻も早く渡る必要がある。船は対岸に小さく見えた。なかなかこちらへ来ない。

自分が焦《あせ》っていることが自覚できた。このように心を乱しては、かえって失うものが多いだろう、と反省する。

溜息をつき、心を静めた。

剣を抜く自分の姿を想像しながら。

船が来るまで、そこに座り、目を瞑って考えることにしよう。

殺気を消す方法を……。

それは、存在を消すような行為に等しい。

そもそも、殺気とはどこから生まれるものか。

それは、躰からではない。動きの切っ掛けではあるが、動きそのものではない。気とは、考えのことだ。考えているから、気が生まれる。殺気も同じ。では……、
考えなければ、殺気を消せるのか？

考えないとは、何だ？

何を考えれば、考えないことになる？

違う。考えてはいけないのだ。

そんなことができるのか。

それは、今まで思いもしなかった領域、想像すらしなかった新しい地のように感じられた。

山の向こうに、雲に霞んで、その大地が広がっている。

なにもない。森も山もない。なにもない地だ。

否、地もない。

空と同じ。

空。

無。

そこに立てば、おそらくなにも考えないだろう。

なにも見ない。

なにも聞かない。

なにも感じない。

自分さえ感じない。

自分は無なのだ。

人は無だ。

なにもかもない。

ないものばかりが、自分を取り囲む。

すべてが新しかった。

ないものなのだから、古くはない。生まれたばかり。そしてたちまちにして消えていく。

そうか……。

ないと思うことも、ないのだ。

思わなければ、消えることもない。

風や火のようなものか。

風も火も、そういう名のものは実はない。

ただ、感じられるだけだ。

人は、無を感じることができる。

ないと知ることができる。

船が近づいてくるのがわかったので、目を開けた。

客が一人、船の中に座っている。笠を被っていた。こちらに気づいて、その笠を片手で持ち上げる。

オーミだった。

8

船はまた対岸へ向けて出ていった。それには乗らず、川原の石に座り、オーミと向き合った。カガンの使いで街まで行く途中だという。買うものがある、と彼は話したが、何を買うのかまでは言わなかった。こんなに遠くまで来るのだから、きっと特別なものなのだろう。

そういった話のあと、大事なことをこちらから切り出した。今頃になって気づいて恥ずかしいことですが、と。

「あのときの私は、相手のことしか見えていませんでした。カガン様の投げた数珠にも充分に注意がいきませんでした。情けないことです」

「それはごく当然のこと。人は前を向けば、後ろは見えないものです」

「是非ともカガン様にお会いして、教えを願いたいと思うのですが」

「残念ですが、それは無理です」オーミは首をふった。「そういったことには、もう一切関わらないとおっしゃっています」

「関わらない？」

「私にさえ、なにも語ってはいただけません。見せてもいただけません。私はただ、カガン様のおそばにいるだけです」

「相当な腕前と推察いたしますが……」

「それはもう、当代随一。スズカ・カシュウ様と並ぶ剣豪と言われた方でした。出家され、一切のことから遠ざかられましたが、しかし、私がお見受けしたところ、その後もますます磨かれているでしょう。そのように感じます。ただ、現在はお躰の具合が良くありません。私が買いにいくのも、西の国の薬です」

「そんなふうには見えませんでしたが」

「来春を迎えることはない、とご自分でおっしゃっています」

「まさか、そんな……」

しかし、それはまさにカシュウの場合も同じだった。その域に達した者は、己の躰のことがそこまで把握《はあく》できるものなのか。

「ですから、ゼン様が会われても、どうなるものでもありません。お諦めになるのがよろしいでしょう」

「では、オーミ様にお伺いしたい。どうやって、自分の殺気を消すのですか？ あるいは、私の問題でしょうか？ 何故、自分にはそれが感じられなかったのでしょう？」

「さて……」オーミは微笑んだ。「何と申し上げて良いものか、この私に、そのような技も術も、あろうはずがございません。見てのとおり、ただの坊主にございます」

「いや、それは違う」

「ゼン様はまだお若い。まだまだ強くなられるでしょう。さあ、旅をされるがよろしい。刀や人が、この世にどれだけありますか？　ご覧なさい、微々たるものではありませんか。この世にあるのは、土、風、草、樹……。小さいものを見ず、もっと広く、遠いものをご覧なさいませ」

「オーミ様も、相当な腕前と推察いたします。どうか、お手合わせをお願いしたい。いえ、構えるだけでけっこう。刀を当てることもいたしません」

「何をおっしゃるのか。このとおり、私は刀を持っておりません」

「刀でなくても良い……」

　立ち上がり、辺りを探す。樹の枝が落ちていた。さらにもう一本を見つける。ササゴマのときと同じだ。その片方をオーミに差し出した。

「お願いでございます。是非、是非、お手合わせを。どうか、勝手をお聞き下さい。これで、カガン様のことは諦めます。オーミ様、どうか、その型だけでも、拝見させて下さい」

「まったく、子供のようなお方だ」オーミは笑った。「ササゴマは可哀相なことをいたしました。私たちは、あの子を救えなかったのです。剣の強さとは、せいぜいがその程度のもの。あれは良い目をした少年でしたね」

「私には、これが生きる望みなのです。どうか……」

「貴方も同じだ。良い目をしている」

　オーミは立ち上がり、枝を手に取った。

その瞬間に、一陣の風が起こった。
まだ構えてもいない。しかし、地面が揺れるように感じた。
そこに、男が一人、立っているだけ。
既に周囲の背景は消え、
ただ、なにもない平面が広がっていく。
棒を両手で構えた。
それを前に差し出す。
男は構えない。
人ではないものに見えてくる。
何だろう、これは。
力を入れては駄目だ。
焦るな。
自然に……。
呼吸を整えて。
速やかに、心を静め。
目を半ば閉じ。
見えるものを見ず、見えないものを見る。

光と闇と。
生と死と。
その狭間《はざま》に見えるものが、形か。
虚の中に形を……。
求める。
求めない。
いずれでもなく。
出るのか。
引くのか。
静寂の中に、喧《やかま》しいほどの声が響き。
すべて己の声だ。
何を喚《わめ》いているのか、わからない。
だが、それも、すっと消えて。
同時に、色が消え、
真っ白な広さが。
空か。
だが、そこにも形がある。

形を見よ。
次には、鼓動が太鼓のようにどんどんと鳴った。
生きている自分の音。
消すことはできない。
こんなにも大きな音を。
しかし、やがてそれも消えていった。
光は闇に。
生も闇に。
手に持っているはずのものも消えた。
自分の躰も、もはや形がない？
言葉も消えていく。
すべてがない。
なにもない。
空。
無。
……。
点？

点が。
ゆっくりと、
揺れている。
白い。
光の点。
また風が起こり、辺りの風景が突如現れる。
前にいるのは、オーミだ。
これは、さきほどと同時。
過去へ戻ったのか。
それほど、一瞬だったのか。
そこに、男が一人、立っているだけ。
さきほどの風の尾が、遠ざかる。
握り直し。
持っているのは、ただの枝。
その先に男の瞳。
打って出ることは、とてもできない。
しかし、全霊を込めて、

枝を振りかぶった。
すると……、
目前に、なにか形が現れた。
驚き、目を見開く。
動けない。
それは、オーミの枝の先だった。
後退する。
全身から力が抜けて。
跪き、地に両手をついた。
既に、自分の枝は手にない。
どこにもなかった。
「参りました」言葉を思いついた。
言葉？
地面が目の前にあり、倒れた草の下で小さな虫が動いている。
顔を上げる。
そこには、オーミの姿はなかった。
立てない。

躰が震えていた。

手を当てて膝を起こし、ゆっくりと力を戻す。

少しずつ、躰が自分のものになる。

ようやく立ち上がることができた。

上の道の遠くに、オーミの小さな姿が見えた。

遠ざかっている。

「先を急ぎますので、これにて失礼をいたします。どうか、お達者で……」という音が耳に残っていた。今頃になって、それがオーミの声になり、そして言葉になり、意味が理解できた。

横を見ると、川に浮かぶ船が、こちらへ近づきつつある。また戻ってきたのだ。

空はただ青く、日は高い。

息をする。

汗が流れていることに気づく。

しかし、空は大きい。

あまりにも高い。

それに比べて、
なんという小ささか。

なんという虚しさか。

だが、こんな小さなものでも、生きているのだ。

しかたがない。生きているのだから。

そう思うと、自分の躰の温かさを感じた。手を握り締めれば、力も認められる。

ここにある、という小さな反応だった。

ここにある。

なにもないが、ここにある。

「お侍さん、乗りなさるか？」船の方から声が届く。

首をふった。

溜息をつき、そして、自分の躰を確かめる。土を払い、刀の柄にも一度触れた。

そして、歩いた。左右の足を交互に前に出して。斜面を上がり、道まで戻る。

さらに風景は広がり、遠くの川面《かわも》が光っているのが見えた。

オーミの姿は既にまったくない。急ぎの旅だったのだ。引き留めて悪いことをした、と反省する。だが同時に、しだいに喜びが湧き上がってきた。笑いたくなった。

こんな気持ちが自分の中にあったのか、と驚きながら、しばらく笑った。笑いながら歩いた。

9

街道を引き返し、同じ宿に戻った。

まだ日も高い時刻だったのに、すっかり疲れていた。同じ部屋で横になり、珍しく昼寝をした。余程消耗《しょうもう》していたのだろう。

目が覚めたのは夕刻だった。腹が空いていることが自覚できた。そういえば、朝からまだ食べていなかったのだ。

しかし、さきに風呂に入ることにした。

もう気持ちは平静に戻っている。整理がついた感じがしていた。湯の中で、自分は何を得ただろう、と考えた。その答は簡単だった。

なにも得てはいない。

無を得たのだ。

着物を着て、部屋へ戻ると、階段のところにノギが座っていた。三味線を抱えている姿も、昨日と同じだ。

目が合ったので、軽く頷くと、彼女は逆につんと顎を上げる。口を歪め、目を回すようにしてから、天井へ向ける。

その彼女の横を上がり、部屋へ向かった。

「ちょいとちょいと……」と言いながら、ノギがついてきた。「何なのさ？」

部屋に入り、窓の近くに腰を下ろす。彼女に何を尋ねられているのかわからなかった。面倒なので黙っていると、戸口に立っていたノギもようやく部屋に入り、近くまで来て座った。

「ゼンさん？」ノギがきいた。「怒っているんですか？」

「いいえ」首をふる。

「どうして、黙っているの？」

「話ならしています」

「ちょっと、聞いてもらいたいんですけれど」

「何ですか？」

「朝ね、起きたら、もう出かけたっていうじゃない。朝飯も食べないで。まるで逃げるようにして出ていったって。何から逃げたんです？　もしかして、私から？」

「いいえ、違いますよ」

「どうして、そんなに慌てる必要が？」

「遠くまで行くつもりでした。なるべく早く出たかったので」

「そういうのを、慌てていたって言うんじゃないですか。どうしてこんなに早く戻っていらしたの？」

「途中で、その、偶然ですが、目的の人に会えたからです」

目的の人ではなかったが、それに準ずる人ではあった。あれは、明らかに幸運といえるだろう。神に導かれたといえるかもしれない。

ノギが黙ったので、窓の外へ視線を向ける。向かいの建物の屋根越しに遠くの風景を眺めた。雲が出ている。風も怪しい。今夜あたりから雨になるようだ。

「女の人？」

「え、誰がですか？」

「だから、その、えっと、目的の人っておっしゃったでしょう？」

「ああ、いえ、寺の僧侶です」

「ふうん。なあんだ。てっきり、逃げられたって思いましたよぅ。でも、ああ、良かった、また会えましたもんね」

「あ、そうだ……」

銭を出して、ノギに手渡した。

「何です、これは」

「また、それを鳴らして下さい」

「あら、聴きたいの？」

「ええ」

「はい、承知しました。でも、これはいらないわ」彼女はお金を返す。「一番良い歌をうたいますからね」
「どうしてですか？」銭を受け取った。
「うーん、つまり、私が聴きたいからかしら」
三味線を膝にのせ、準備の音を出したあと、彼女は姿勢を正し、それを鳴らし始めた。
驚いたことに、別人のような高い声を喉から出す。しゃべっているときの彼女の声はもっと低いのに、それとはまったく違った。三味線とその声を合わせると、不思議な音色になる。
さきほどのオーミとの立ち合いが一瞬だけ蘇《よみがえ》った。
さっと周囲が白くなり、
なにもなくなり、
また風とともに返ってくる。
周囲が変わるのではなく、
まるで、
自分が、どこか遠くへ飛び立ったような、そんな感覚だった。
瞬く、
その間に、
オーミの枝が、

目の前に来る。
なんの迷いもなく、
なんの気配もなく。
こちらの心にあったものは、あれもこれも、と多かった。
多くて、迷い、そして見失っていた。
それに比べて、
相手の心にあったものは、
相手を倒したいとか、自分が生きたいとか、
そういった理由ではなかっただろう。
あれは……、
ただ、剣を前に出すこと、
ただ、それだけの単純さ、
その最も軽い動きを、初めて見た。
凄いものを見た。
自分は幸運だった。
あれを見られたことは。
ああいったものが存在するということを知るだけで、これまでの自分とは既にまったく違う。

別の者になれただろう。そんな手応えがある。

人間は生きているかぎり、別人になれる。

生きている人間に価値があるのではない。その変化にこそ、価値があるのだ。死んだ者は、もう変わらない。土に戻る道しかない。

たとえ、いつかはそうなるとしても、そこまでの道筋は勝手。

自分の勝手なのだ。

道は無数にあるだろう。

さて、どこを歩くか……。

静かになっていた。

目を開けると、ノギが微笑んでいる。

「美しいですね」

「あらま……」ノギは口を小さく開ける。「どうしましょうか、それって、口説いているのかしら?」

そうだ。

あれは美しかった。

美しい形を見た。

素晴らしい。

「ねえ……、今夜も、剣術のお稽古ですか？」

「いいえ、今夜は雨でしょう」

その後、食事を始めた頃に、雨音に気づいた。窓は閉めてあったが、軒から落ちる滴が見えるようだった。

ノギは、今夜は酒は飲まず、同じ膳を注文して、隣で一緒に食べた。自分の部屋で食べれば良いのではと言ったら、部屋を借りているわけではないと言う。客の部屋で相手をするのが仕事なのだと説明された。では客がいないときはどうするのか、とさらに尋ねると、布団部屋か女中の部屋で寝る、と答える。

「そこ、明かりもないから、夜はとっても寂しいの」と話すので、しかたなく一緒に食べることを承諾した。

彼女は、昨日よりも口数がずっと少なく、大人しかった。おそらく、酔っていないせいだろう。どちらが、彼女の本来の質なのだろうか。

それでも、食べ終わったあとに、こんなことをきいてきた。

「ゼンさんの夢は何ですか？」

「夢というと？」

「えっと、つまり、生きているうちに、こんなふうになれたら良いな、こんな思いができないかしら、というようなことですよ。思っていること。願っていること。そういうのがありませんか？　武功を立てて、お殿様からご褒美《ほうび》をもらうとか。うーん、それとも、お子が沢山欲しいとか？」

「特に考えたことはないが、そうですね、静かな生活がしたい」

「静か、ですか……、へえ。喧しぃのがお嫌ぃなの？」

「そうではなく、なにごともない平穏な暮らしのことです」

「そんなでしたら、田舎や山に籠もっていたら良いのでは？」

「ええ、今までそうしていました。だが、そこにいると、今度は不安になります。これで良いのかと」

「ああ、ああ、わかります。そうですよね、そういうものよねぇ。それで、街へ出てきて、わいわい賑やかなところにいると、ふとまた、田舎が懐かしくなるもんですよね。うん、本当にそうなの、あぁあ……」ノギは目許に袖《そで》を当てる。「何でしょう、酔っていない夜っていうのは、しんみりしますすね」

「あ、では、酒を飲んだらどうですか」

「いえ、いいんですよ。たまにはしんみりしたいの」

「ノギさんの夢は何ですか？」

「まあ、そんなことをきいてくれるのかい。ああ、なんか涙が出てきちゃったよ」

ノギは本当に泣いていた。顔は笑っているのに。

「ごめんなさいね」

「いや、べつにかまいません」

「私の夢か……、さあ、何だろう。そんなものが、あったかしら。そうそう、小さいときはね、お侍さんのお嫁さんになりたかったわ。それから、三味線のお師匠さんにもなりたかった。お店で働いたときには、そこの女将《おかみ》にもなりたかったわ。でもねぇ、もう……」ノギは首をふった。

「ちょっと無理ですよ。はぁ、私はこのままだろうね、このままなら、まだいい方か。これからどんどん歳を取っていくの。いつまで生きていられるかしら？ そのうち旅を続けることだってできなくなるでしょうよ。どこかで働き口が見つかれば、もうそこで一生働くのね。手伝いをするのか、子守をするのか……。子供に子守歌をうたってやるくらいしか、能はありませんからね」

　ノギは涙を流しながら、それを語ったが、彼女はそれで幸せそうにも見受けられた。刀の道があるように、また別の道もある。なにか言いたいとは感じたが、どんな言葉が良いのかわからないので思案していると、膝をぽんと叩かれた。

「恥ずかしいこと言わせないで下さいよ」

「恥ずかしいことではないと……」

「私のこと、いくつだと思ってます？」

「いくつですか？」

「いえ、いいの……」ノギは涙を拭い、それから大きく息を吐いた。「二度ときいちゃ駄目ですよ」

「あ、はい、わかりました」

「あぁあ……、本当、変な人だよ、この人は」

窓を少し開けてみると、軒から落ちる滴が夥《おびただ》しい。旅に出て、初めての雨だった。

ほんの数日のことなのに、山を下りたのは一月もまえのように感じられた。それだけ沢山のものに出会ったということだ。初めての経験ばかりで目まぐるしかったし、また、これまでにない大きなものを見つけることもできた。

あのまま山にいたら、安らかではあったかもしれないが、変化する自分という、大事なものを失っていただろう。カシュウが山を出ろと言った理由がここにあったのだ。

カシュウだって、一生を山で暮らしたわけではない。カガンもそうだ。晩年になって、山に行き着いたというだけ。自分もいずれはその高みに達したいとは思う。しかし、そのまえにやらなければならないことがある。きっとあるにちがいない。

それが夢か……。

まだ、形は見えない。

しかし、どこかにはあるだろう。

見つけられるはずだ。

刀を構えている自分の姿が見える。
自然に、
美しく、
斬るためではなく。
勝つためでもなく。
ただ、自然に、
落ちるように、
流れるように、
消えるように、
崩れるように、
音もなく、
心もなく、
緩やかに、
穏やかに、
刀を振るのだ。
その刀は、既に鞘に納まっている。
抜くまえから、その美しさが見えた。

抜けば、消える。

刀を無となすものとは？

それも無か。

無が、無をなすのか。

一切が無。

一切が……。

「さあてと……、もう帰ります」ノギが立ち上がった。

「どこへ？」

「どこでもいいじゃないですか。ここにはいられませんからね」

「寝る部屋はあるのですか？」

「あります」ノギは頷いた。「ご心配には及びません」

「そうですか」

「明日、発たれます？」

「ええ。そうですね」

「どちらへ？」

「決めていません」

「私、ついていこうかしら」

「いや、それは困る」

「冗談ですよ」

「ああ……、冗談ですか」

「いえ、そうでもありませんけど」ノギは舌打ちをした。「もう、やってられませんこと」

「何を？」

「朝、ご挨拶をさせて下さいましね。もしも黙って出ていったら、そのときは、本当に追っかけますからね」

「明日は、ゆっくり出ます」

ノギはにっこりと微笑んだ。もう涙はすっかり乾いている。

「ああ、気持ちがいいわ。久しぶりに泣きましたよ。どうもありがとうございました」

廊下に彼女は膝をつく。手をつきお辞儀をした。

「おやすみなさいませ」

「おやすみなさい」

epilogue

エピローグ

翌朝、食事をし、ノギにも別れを言い、宿を出た。

道は泥濘《ぬかる》んでいるが、雨はどうにか上がっていた。寒くはなく、風もなく、むしろ奇妙に暖かい。

宿を出るそのときまで、カガンの寺へ向かおうか、どうしようか、と迷っていた。オーミに約束したので、もちろん、カガンに入門を乞うことはできない。それは諦めている。

しかし、カガンは病気だと聞いた。見舞うべきではないか。あるいは、今会っておかなければ、会えなくなるのではないか、という気持ちもあった。

ところが、一歩外に出た瞬間に、足は反対へ向いた。

カガンに会うことを切り捨てた。

オーミが教えてくれたことで、今の自分には充分だったし、また、それだけでも大部分は理解ができていない。こんなことでは、とてもカガンから学ぶことはできないだろう。つまりは、このような身の程知らずを、オーミが諭《さと》してくれたというわけだ。

寺へ行けば、ササゴマの新しい墓があるはず。そこに参るという名目だけでも訪れることはできた。だが、自分はカシュウの墓にさえ参るつもりはなく、そういった信心を持たない。そのことを、カガンも知っているのだ。同様に、たとえカガンが病の末に亡くなっても、その墓に参ることはないだろう。どれほど尊敬する人物でも、死んでしまえばもはや自分の心の中に残っているものしかない。思い出がすべてであり、墓にはなにもない。

もともと、人にはなにもないのだ。

生きているうちから、なにもない。

あるように見えるだけのこと。

ただ、日々変化し、つまりは毎日死んで、毎日生まれているようなもの。この躰という墓に、しばらくは宿っているものの、しかしなにもないのだから、死んでも変わりはない。

そう、そのとおり、キグサが言ったではないか。

結局、カガンから学べることは、カガンという人の中にあるのではない。会いにいくことで、その教えに近づけるわけではないのだ。それがわかったのも、オーミのおかげである。

人は人に囚われるものだ、とつくづく感じた。

人は人が恋しいと感じる。それだから、囚われるのか。

自分はそういった質が薄いと思っていたが、それでも、これだけ囚われている。

自分という人にも囚われている。

これを振り払うためには、どうすれば良いだろうか？

また、そもそも自分は何故、
それを振り払おうとしているのか？

それは……、
結局は、強くなりたいからだ。

そこへ行き着く。

表に出したくはない心の中心に、その欲望がある。

それが、己をこのように生かしている。

強くなりたい。

何故、強くなりたいのか？

強いとは何か？

勝つことか。

勝つことならば、誰に勝ちたいのか？

そこまで考えると、ぼんやりとして、わからなくなってしまう。

子供の頃に、その心が生まれたはず。その当時には、勝つことは気持ちの良いことだった。相手を倒す自分に酔うことができた。大人になり、その快感が消えたのは、それだけ強さというものの本質がわかってきたからだが、さて、では、強くなる必要があるのか、と問われると、その理由を慌てて探している自分が見える。

ただ……、
それでも、間違っているとは感じない。

その勘だけがたしかにある。

もし間違いだったとしても、それはそれで良いではないか、という覚悟もある。いずれにしても、何度も試せるものではない。一度だけだ。生きることはただの一度しかできない。

カシュウが面白いことを言った。

「負けるたびに強くなれる。だが、負けたらそれでお終いだ」

この矛盾に、この道の真理があるように思えた。

昨日の自分は、オーミに負けた。それは自分にとって、どんな勝利よりも圧倒的に価値のあるものだった。幸いにして真剣ではなかったから、命は奪われなかった。幸運というほかない。こんな機会は今後二度とないだろう。

そういえば、カシュウとの手合わせは、すべて自分の負けを見ることだった。負けることで強くなれる。勝つことでは学べないのだ。おそらくそれは、学ぶ心の問題かもしれない。

そんなことを考えながら歩いた。

道はほとんど直線で、平たい地面を突き通していた。両側は田のようだが、既に稲刈りは終わっている。山は見えない。雲が下りてきたような天候で、遠くは見通せなかった。今の自分の

心と同じだ、と思う。

昨日の喜びは、今日になってみると、もう煙のように手応えがなかった。わかったようで、実はまだわかっていないのかもしれない。だいいち、正しいのかどうか、試しようがない。

しかし、忘れてはならない。あれは、いつか必ず生かせる。人から学べるものではなく、自分の中で育てることで、初めて生きるだろう。そういうものにちがいない。

山に籠もり、いくら刀を振っていても、あれには気づかなかったはず。気づかせてもらえただけでも、人に会った価値があったといえる。

そう思う。そう信じる。

時とともに少しずつ空の雲は消え、特に行く先の方向は明るかった。やがて、青い山々が遠くに見えてくる。あの山を越えることがあるのだろうか。

しかし、それよりもすぐ目前に、見たこともない大きな川が現れた。

道はその川の下流へと曲がり、川に沿って続いていた。川とはいっても、実際に水が流れているところはほとんど見えなかった。まだだいぶ向こうのようだ。近くには、大水の跡なのか、石と草だけの広い川原らしき土地が広がっている。

ときどき歩いている人とすれ違った。頭を下げる者もいれば、目も合わさない者もいる。いろいろな人間がいるものだ。

そのうち、道に沿って松の樹が並んでいるところへ来る。石碑もあった。松は人が植えたもののようだ。川の増水に備えた土手が作られている途中だった。道はその内側へ下り、川原を通っていた。

水辺が近づいてきた。少し離れたところに数人が集まっている。近くまで行くと、そこは船が着く場所で、船を待っているらしいことがわかった。

いよいよ船に乗ることになったな、と思う。

もし、船が沈んだら、どうすれば良いだろう？

川の水というのは、どれくらいの深さだろう。

浅い川ならば経験があるが、深いところは危ない。

そうならないことを願うしかない。

運というものを、言葉だけで知っているが、それが、自分の中で、今少し意味のあるものに格上げになった。

水面からは、微かに湯気のようなものが立ち上がっていて、そのために対岸はよく見えなかった。その雲のような中から、滑るように船が近づいてきた。こちらで待っている者は、自分も含めて六人だった。船はまえに見たものよりもずっと大きい。船を操る者も、前と後ろに二人いた。

船が着き、乗っていた客が三人降りた。そして、六人が代わりに乗り込む。誰かが、何人乗れるのか、ときくと、船の者が、全員乗れますよ、と笑った。その男が持っている棒の長さが気になったが、川の底につく長さなのかどうかは定かではない。

船は方角を変え進んでいった。進み始めると、ほとんど揺れることはなかったが、ぎいぎいと音を立てた。板の隙間から水が染み込んでいるところが気になったが、これまで大丈夫だったのだから、と思い直す。

「ほらほら、海が見えるよ」という声が後ろから上がった。

川下の方の先、遠く、水が広がり、輝いている。

あれが海か。

川の水が集まった場所だ。

もう少し近くで見たいものだ。船を下りたら、見にいこう。

船は無事に到着した。

近くに小屋が建っていて、そこで船賃を払ったところ、女が茶を出してくれた。それを飲み、海を眺めるのに良い場所があるか、と尋ねると、そんなものはこの先いつでもどこでも見られますよ、と笑われた。

まだまだ、この先にも海が続いているというわけだ。

「どこから、いらっしゃった？」

「あちらの、山です」方角を指さした。

「山？　山ではわからんが。山の名は？」

「山の名？」

山に名前があるのか、と驚く。

なるほど、山の中にいれば、名前などいらない。山から遠ざかれば、山を指さすことができ、名前で呼ぶようになるわけだ。

人も同じ。カシュウと二人だけのうちは、カシュウという名も、ゼンという名も、いらぬものだった。カシュウが死に、カシュウから離れるほど、その名が必要になり、何度も口にした。

自分の名も、この数日で何度名乗ったことか。

このあとは、ゼンではなく、ゼンノスケと名乗るべきか。

あるいは、スズカという名字も加えるべきなのか。

「この海は、何という名ですか？」思いついて、尋ねてみた。

「海は海じゃが。全部同じ海じゃ」茶を片づけながら、女は笑った。

「いや、この辺りの海はな、イタガタという」奥にいた老人が答えてくれた。「もっと先に、もっともっと、どでかい海があるでな。つながってはおるけどが、そっちは波もでかいし、家よりももっと大きな魚がおる」

「そんな大きな魚がおるもんかね」また女が笑う。

「どうもありがとう」礼を言って、立ち上がった。

「お気をつけて……」

ほかの客は、まだ茶を飲んでいた。

道は少し上りになる。しばらく歩くと、言われたとおり海が見えてきた。空を映しているのか、水が青い。

これは凄いな、と思う。

鳥が沢山飛んでいる。魚が多いのだろう。

いったい、この地は、どこまで続いているのか。

海と地は、どこまでもあるのだろうか。

人が行ける果てというものがあるのなら、そこはどんなふうになっているのか。

カシュウは、この地の周囲はすべて海だと話してくれた。だから、たぶん地よりも海の方が広いのだろう。人がいない場所の方がずっと広いということだ。

またしばらく行くと、今度は下りになり、海辺が見えてきた。道から逸れて下りていけそうだったので、岩を乗り越え、海に近づいた。

これが海の匂いだろうか。不思議な香りがする。見たことのない鳥が沢山飛んでいた。その鳴き声が喧しいくらいだ。海はずっと音を立てている。波が打ち寄せているのだ。

地面が砂ばかりになり、海のすぐ際まで来た。怖ろしいほど動いている。水に近づくのは危ないように思えた。こんなに水が暴れていては、船も役に立たないのではないか。

ところが、眺めているうちに、遠くに船が浮かんでいるのを見つけた。揺れているが、人がたしかに乗っている。

子供たちが三人走ってきた。水辺へ行き、声を上げて戯《たわむ》れている。水に浸かっても平気のようだ。近くは、それほど深くないこともわかった。

自分も近くまで行ってみた。

海の水は塩を含んでいる、と聞いている。手で触れ、嘗めて確かめてみた。なるほど、とても飲めるものではない。鳥はともかくも、魚は、この水が飲めるのだろうか。

波を見て、砂を見て、また歩いた。

不思議なものが落ちていたので、それを拾い上げる。小さな白いもので、石のように硬いが、形が整っている。ぐるぐると巻いているようで、先が尖っていた。細かい模様があり、その模様も渦に沿っている。内側は穴があって、表面が虹色《にじいろ》に輝いていた。

何だ、これは。

とにかく、綺麗なので懐に入れた。

女ならば髪飾りにするのではないか。

そう、チシャにやろう。いつ会えるとも知れないのに、何故かそう思った。

森博嗣著作リスト

(二〇二一年一月現在、講談社刊)

◎S&Mシリーズ

すべてがFになる／冷たい密室と博士たち／笑わない数学者／詩的私的ジャック／封印再度／幻惑の死と使途／夏のレプリカ／今はもうない／数奇にして模型／有限と微小のパン

◎Vシリーズ

黒猫の三角／人形式モナリザ／月は幽咽のデバイス／夢・出逢い・魔性／魔剣天翔／恋恋蓮歩の演習／六人の超音波科学者／捩れ屋敷の利鈍／朽ちる散る落ちる／赤緑黒白

◎四季シリーズ

四季　春／四季　夏／四季　秋／四季　冬

◎Gシリーズ

φ《ファイ》は壊れたね／θ《シータ》は遊んでくれたよ／τ《タウ》になるまで待って／ε《イプシロン》に誓って／λ《ラムダ》に歯がない／η《イータ》なのに夢のよう／目薬α《アルファ》で殺菌します／ジグβ《ベータ》は神ですか／キウイγ《ガンマ》は時計仕掛け

／χ《カイ》の悲劇／ψ《プサイ》の悲劇

◎Xシリーズ
イナイ×イナイ／キラレ×キラレ／タカイ×タカイ／ムカシ×ムカシ／サイタ×サイタ／ダマシ×ダマシ

◎百年シリーズ
女王の百年密室／迷宮百年の睡魔／赤目姫の潮解

◎ヴォイド・シェイパシリーズ
ヴォイド・シェイパ（本書）／ブラッド・スクーパ（二〇二一年三月刊行予定）／スカル・ブレーカ（二〇二一年五月刊行予定）／フォグ・ハイダ（二〇二一年七月刊行予定）／マインド・クァンチャ（二〇二一年九月刊行予定）

◎Wシリーズ
彼女は一人で歩くのか？／魔法の色を知っているか？／風は青海を渡るのか？／デボラ、眠っているのか？／私たちは生きているのか？／青白く輝く月を見たか？／ペガサスの解は虚栄か？／血か、死か、無か？／天空の矢はどこへ？／人間のように泣いたのか？

◎WWシリーズ
それでもデミアンは一人なのか？／神はいつ問われるのか？／キャサリンはどのように子供を産んだのか？／幽霊を創出したのは誰か？／君たちは絶滅危惧種なのか？（二〇二一年四月刊行予定）

◎短編集
まどろみ消去／地球儀のスライス／今夜はパラシュート博物館へ／虚空の逆マトリクス／レタス・フライ／僕は秋子に借りがある　森博嗣自選短編集／どちらかが魔女　森博嗣シリーズ短編集

◎シリーズ外の小説
そして二人だけになった／探偵伯爵と僕／奥様はネットワーカ／カクレカラクリ／ゾラ・一撃・さようなら／銀河不動産の超越／喜嶋先生の静かな世界／トーマの心臓／実験的経験／馬鹿と嘘の弓

◎クリームシリーズ（エッセイ）
つぶやきのクリーム／つぼやきのテリーヌ／つぼねのカトリーヌ／ツンドラモンスーン／つぼ

み茸ムース／つぶさにミルフィーユ／月夜のサラサーテ／つんつんブラザーズ／ツベルクリンムーチョ

◎その他

森博嗣のミステリィ工作室／１００人の森博嗣／アイソパラメトリック／悪戯王子と猫の物語（ささきすばる氏との共著）／悠悠おもちゃライフ／人間は考えるＦになる（土屋賢二氏との共著）／君の夢　僕の思考／議論の余地しかない／的を射る言葉／森博嗣の半熟セミナ　博士、質問があります！／庭園鉄道趣味　鉄道に乗れる庭／庭煙鉄道趣味　庭蒸気が走る毎日／ＤＯＧ＆ＤＯＬＬ／ＴＲＵＣＫ＆ＴＲＯＬＬ／森には森の風が吹く／森籠もりの日々／森遊びの日々／森語りの日々／森心地の日々／森メトリィの日々

☆詳しくは、ホームページ「森博嗣の浮遊工作室」を参照
(https://www.ne.jp/asahi/beat/non/mori/)
（２０２０年11月より、ＵＲＬが新しくなりました）

■冒頭および作中各章の引用文は以下によりました。
原著：Bushido: The Soul of Japan, Inazo Nitobe
日本語訳：『武士道』（新渡戸稲造著／岬龍一郎訳　ＰＨＰ文庫）
■この本は、二〇一三年四月刊行の中公文庫版を底本としました。

N.D.C.913　362p　18cm

KODANSHA NOVELS

ヴォイド・シェイパ　The Void Shaper

二〇二一年一月二〇日　第一刷発行

定価はカバーに
表示してあります

著者—森《もり》 博嗣《ひろし》

発行者—渡瀬昌彦

発行所—株式会社講談社

東京都文京区音羽二-一二-二一
郵便番号一一二-八〇〇一

編集〇三-五三九五-三五〇六
販売〇三-五三九五-五八一七
業務〇三-五三九五-三六一五

本文データ制作—講談社デジタル製作

印刷所—豊国印刷株式会社

製本所—株式会社若林製本工場

ISBN978-4-06-520734-5

Xシリーズ

SYアート&リサーチ社、業務の記録 全6巻

イナイ×イナイ

P E E K A B O O

屋敷の地下で密かに
育まれる犯罪の芽

キラレ×キラレ

C U T T H R O A T

満員電車に出没する
切り裂き魔の正体は

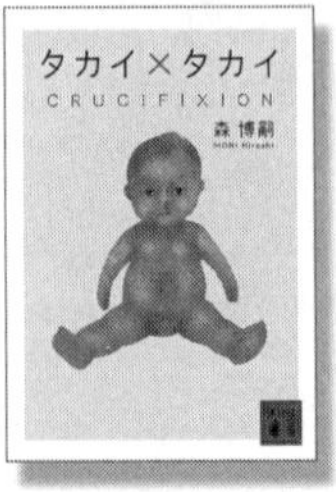

タカイ×タカイ

C R U C I F I X I O N

地上15メートルに
掲げられた他殺死体

ムカシ×ムカシ

R E M I N I S C E N C E

資産家・百目鬼一族が
見舞われた悲劇

サイタ×サイタ

E X P L O S I V E

ストーカ男と
連続爆弾魔の関係は

ダマシ×ダマシ

S W I N D L E R

婚約者は
結婚詐欺師だったのか
